不管命运把你放在什么地方，你都要把自己的生活过得优美如诗。

想念是手边点不着的烟，他是永远找不见的火，后来，你就戒了烟……

世界太大我管不着，我只希望你好，我身边的人都好，那我的世界也就好了。

如果生活是一本书，希望你能成为那书签，陪我读完书的每一页，陪着我走完全部的人生。

有些容易忘却的回忆，会在某个特定时间突然跳出来，拍拍你的肩，说好久不见。

幸福就像阳光，我们身浴其中，却只看到了别人身上的温暖……

余儒海
作品

Wish

All

Your

Dreams

Come

True

如果世事
总能得偿所愿

湖南文艺出版社
HUNAN LITERATURE AND ART PUBLISHING HOUSE

博集天卷
CS-BOOKY

图书在版编目（CIP）数据

如果世事总能得偿所愿 / 余儒海著 . — 长沙：湖南文艺出版社，2017.1
ISBN 978-7-5404-7883-4

Ⅰ . ①如… Ⅱ . ①余… Ⅲ . ①故事－作品集－中国－当代 Ⅳ . ① I247.81

中国版本图书馆 CIP 数据核字（2016）第 309052 号

上架建议：畅销·励志

RUGUO SHISHI ZONG NENG DECHANGSUOYUAN
如果世事总能得偿所愿

作　　者：余儒海
出 版 人：曾赛丰
责任编辑：薛　健　刘诗哲
监　　制：蔡明菲　潘　良
选题策划：李　娜
特约编辑：尹　晶
封面设计：仙境书品
版式设计：张丽娜
营销推广：李　群　张锦涵
内文排版：百朗文化
出版发行：湖南文艺出版社
　　　　　（长沙市雨花区东二环一段 508 号　邮编：410014）
网　　址：www.hnwy.net
印　　刷：北京鹏润伟业印刷有限公司
经　　销：新华书店
开　　本：880mm × 1270mm　1/32
字　　数：200 千字
印　　张：8.5
版　　次：2017 年 1 月第 1 版
印　　次：2017 年 1 月第 1 次印刷
书　　号：ISBN 978-7-5404-7883-4
定　　价：38.00 元

质量监督电话：010-59096394
团购电话：010-59320018

序言 Preface

出门的时候收到编辑的微信，要给新书写一篇序言。

我迎着寒风打了一个寒颤，第一句蹦跶出我脑袋的是："天冷了，记得借个拥抱"。

你已经有多久，没有好好抱抱身边的人了。

你了解爸妈的含辛茹苦，每次看到写亲情的文章都潸然泪下，而在他们面前，你又是那么坚强，微笑着让他们觉得你很好。

每天的菜米油盐早已消磨了你与另一半的热情，每个忙碌完的晚上两人都没有时间好好地说说话，你们想起了明天公司的早会，草草地道了晚安。

凌晨熬夜工作的时候，突然收到了挚友的电话，兴冲冲地接了起来，却发现只是对方喝多拨错了号码，那一刻，你才发现曾经大喊着全世界我跟你第一好的友情已经渐行渐远。

这个世界上，每个人都辛苦但努力地活着，付出的是汗水和泪水，得到的是接近梦想的机会，而这些梦想，都会让你看起来是那么美，让你身边的人可以为你骄傲。

梦想不一定都会实现，但它一定可以让你变成一个更好的人。即使有的时候，它看起来是那么的遥不可及。

每一天，我们身边都发生着这样那样的故事，有人来了有人走了，有欢笑伴随着泪水，但我们时常都太忙了，忙到没有时间去记录下生命中的特殊时刻。

我想，很多人老的时候，是会笑笑并有些后悔的，因为那个时候，很多记忆已经淡了，想也想不起来了。

没有关系呀，至少我可以把它们在这个时刻都记录下来，我保证，在这本书里你可以找到自己的影子，也许是一个故事，也许是一个人，要不干脆就是那个你内心一直想要变成的自己。

所以，这是一本关于亲情友情爱情、关于三观、关于梦想的故事集。

我用我的余温为你取暖。

在这个有些孤单有点冷的世界，没有拥抱也没关系，愿我的文字能给你一丝慰藉。

希望一切的美好只为你而来。

目录
Contents

PART1

一切美好只为你而来

不管以后会遇到谁，人生都是从遇到自己开始
的。爱你自己，因为你是你的。

你的幸福，不该叫作远方

森林里有口枯井，里面住着一家三口，三只青蛙。

青蛙爸爸每天负责在井底捕些误入深井的小飞虫、飞蛾什么的，撑起家庭温饱的重担。

青蛙妈妈负责加工这些爸爸抓来的食材，喂饱青蛙宝宝的同时扛起了教育孩子的责任。

青蛙宝宝从小就被教导这口枯井就是他温暖的家，井口看出去的天空就是这个世界的全部，为了爸妈，为了以后的家庭，他必须留在井里，因为外面的世界很小很危险。

有一天，青蛙宝宝的双亲凑巧不在家，一只麻雀飞到井口，希望可以借口水喝。青蛙宝宝在确定了这不是妈妈所说的天敌之后慷慨地给出了一些井底的水。

麻雀问道："你叫什么呀？"

青蛙宝宝："我没有名字，爸妈都叫我宝宝。"

麻雀："那我就叫你井底蛙吧。井底蛙你要跟我去外面玩吗？外面的世界可精彩了。"

青蛙宝宝："我爸妈说外面的世界很危险，虽然它只有井口那么大。"

麻雀："外面的世界无边无际，我飞一辈子也飞不完，而且外面有好多好多有意思的东西和有意思的动物，在外面你才可以体会到这个世界的有趣。"

青蛙宝宝："真的吗？那你把我背出去吧，我也想看看外面的世界。"

当晚，青蛙爸妈回到家中，发现宝宝失去了踪影，青蛙爸爸安慰急得大哭的青蛙妈妈：孩子大了，总是要看看外面的世界的。

就这样，井底蛙走出了自己的小世界，去外面寻找更广阔的天地了。

1.

在出国之前，我一直在龙岩这个城市，这是一个典型的小城市，麻雀虽小，五脏俱全，这里的生活设施、环境各方面都还算不错，曾经我认为，这里就是全世界，即使在这儿孤独终老也未尝不可。

跟我有一样想法的还有我的一个学长——老吴，因为他几乎就是这个小世界里的小主宰，无所不能。

老吴身高183厘米，生得英俊潇洒，家住小别墅，胯下"大白鲨"，眼戴蛤蟆镜，脚蹬乔丹鞋，假期都是去香港找阿姨、去日本找姑姑，端的是一个人生赢家，学校里的风云人物。

我初二时踢足球不小心把腿踢断了，于是便开始改打篮球。也是在那个时候，我认识了老吴。

第一次在篮球场上看到他的时候，我虽然是男生也惊艳了一把，大高个子加有些像港台明星的帅气面孔，我腹诽着他一定是个穷光蛋，却看他默默地从包里拿出一双最新的乔丹14代换上。

有钱装备好又怎样，篮球一定打得超烂的，我在心里默默想着。结果一个半场打下来，我们11∶2落败，老吴独得8分。

我有些崩溃地想着人不可能这么完美，他一定是个gay，却在转眼间看到一个美丽无比的学姐扑向他的怀抱。

罢了，末了，也许是投缘，他将还在碎碎念、不甘心的我带回他的别墅，看到豪宅之后我停止了抱怨，心想这个朋友我交定了。

老吴为人大气，对身边的朋友照顾有加，曾经为了让我泡姐有面子，主动借出了他爱惜的"大白鲨"，这种慷慨让我俩的感情升温得很快，我在心中早已认定了这个兄弟，心里琢磨着怎么能再把他的小灵通骗到手。

高一的时候我进了篮球校队，为了纪念那一历史时刻，我脑袋一热剃了光头，因为《灌篮高手》最新一期里樱木花道也剃了。

不知道是因为头型太扎眼还是篮球技术还不过关的关系，那一届市高中篮球赛教练一分钟都没有让我上场，我也就黑着脸顶着个大光头守护了整整半个月的饮水机。

最后龙岩一中拿了冠军，我却一点都开心不起来，倒不是没有集体荣誉感，只是觉得进了校队却一分钟都没上场着实有些丢人。

那个晚上老吴拉我去他家，拿出几瓶啤酒，拉着我来到了他家的大阳台上，几杯酒下肚看到我还是一副哭丧着脸的样子，禁不住笑骂道："看你那尿样，不就是一场篮球赛吗？小得不能再小的事情，世界之大，你不要像井底蛙一样把自己困在龙岩这小小一隅，男人大丈夫，一定要把眼界放宽，放眼外面的世界，不能把自己困在这小小的格局之内。"

"那叔叔阿姨不会让你在龙岩接管他们的事业吗？而且你在这儿什么都有，当个土皇帝不也挺好的。"

"你懂啥，男儿志在四方，我爸妈肯定想让我留在他们的身边，但那不是我想要的生活。身为一个男人必须出去闯，即使途中会有许多艰辛坎坷，我也要努力活出属于自己的生活。"

老吴说得激情澎湃，我听得热血沸腾，恨不得立刻起飞，离开这小小的城市，这困着我们的枯井之底。

2.

如是所言，老吴成功地考上了他梦寐以求的上海体院——大城市中的大学，然后如他所愿地离开了龙岩这个小城市，顺着自己梦想的痕迹，去找寻梦中依稀可见的伊甸园。

而我也在高二结束之际拿到了澳洲的学生签证，准备去澳洲继续我的学业。出发的城市就选在老吴所在的上海。

出发日期定在了2000年11月11号，老妈带着我提前两天来到了上海，不夸张地说，那是我长那么大第一次出福建省。

来到上海的我感觉一切都是那么新鲜，还来不及好好地体会这个大城市，我就被老吴接到了上海体院所在的五角场，他居然在我出国之际还带我去打了一场篮球。

场上的老吴依旧意气风发，场下的妹子还是尖叫连连，终场之际，我还在心里琢磨着老吴会带哪个女生一起去吃饭，但他一把将我拖出了球场，笑骂道哪有人会找体育学院里的"母恐龙"，这五角场一带多的是各式各样、各国、各肤色的妹子。

果不其然，老吴约出了两个上海外国语大学的美丽女同学，我们几个人一起去了南京路逛街，去了人民广场却没看到炸鸡，去了上海那时最出名的酒吧，不胜酒力的我喝完一瓶后晕晕乎乎地看着还在桌子上张罗着的老吴，心想着这才是属于他的地方，这才是适合他的生活方式。

酒后，我们几个人来到了刮着寒风的外滩，也许是因为年轻，或许是因为酒意，那时候丝毫不觉得寒冷，只觉得心中有股热流想要在青春的路上找到个宣泄口。

冲着黄浦江一阵鬼叫，吓死了几条路过的鲤鱼，惊到了数个经过的路人，我们终于赶在别人报警之前回到了温暖的学生宿舍。

老吴点燃一支烟递给我，我借着酒劲猛吸了两口，这下不管青春、眼泪、鼻涕一下全找到了宣泄口，我带着眼泪、鼻涕猛咳了五分钟，在听到窗外各种方言不断骂娘之后才强迫自己安静了下来。

老吴很没道德地随着我的咳嗽笑了五分钟，看我好点了才开口说道："这三五烟是外国烟，只有上海这种国际大都市才买得到，龙岩那种小地方根本不可能有。"

"再好的烟都不会改变抽烟有害健康这个事实。"我苦着脸回击道。

"哈哈，这不是重点，重点是我跟你说过的，要拓宽自己的眼界，要出来看看外面的世界，我们还年轻，绝对不能在龙岩那种小地方混吃等死的。"老吴依旧那么意气风发。

"是的呢！其实我在考虑出不出国这个问题的时候也想到了你的话，才毅然决然地决定走出去，看看外面的世界。但其实我觉得我出国镀完金还是会回福建的，毕竟那是自己成长的地方，很多东西也比较熟悉。你呢？"

老吴想都没想地秒回道："既然已经出来了，我就绝对不会回去，见识过外面世界的色彩斑斓，怎么还回得去那单调的白与黑？"

片刻之后，我俩都沉沉地睡去，带着跳出井底的兴奋与对未来的踌躇满志。

3.

很快地，我坐上了飞往异国他乡的飞机，十个小时后我和老吴就天各一方，开始了不同的人生轨迹。

老吴目送我进入海关，转身拿出一本上海市公交路线图，查了一下从浦东机场到五角场需要转几趟车。在那个大大的城市里，出行时间都是以小时计算的，而在没有车的学生时代，去哪儿都像是出了趟远门。

"到上海已经小一年了，刚开始的兴奋感早已被现实磨灭了许多，昨晚趁着酒劲陪着余儒海疯了一晚上，也算是这一年来的一个情绪宣泄。

"'宁做鸡头不做凤尾'这句土话在来到上海后体现得淋漓尽致，在龙岩时的呼风唤雨早已不复存在，仅仅是一个上海体院，就卧虎藏龙，什么厉害的人都有，加上自己是外地人，时常找不到太多的存在感。"

老吴自嘲地笑了笑，看着公车外的风景，想着虚无缥缈的前途。

体育院校的生活十分单调，除了一些体育训练、考试前的临时抱佛脚，基本上其他时间就在电脑游戏中度过。

那个时候老吴还有一个在龙岩的女朋友，两人从初中起就是同学，女生考到了福州师范大学，两人谈起了一年只有假期见两次的异地恋。

老吴还是爱他女朋友的，所以除了睡觉和打游戏的时间，他还会在半夜偷偷爬出学校的高墙，跟女朋友在 IC 电话亭里煲上个把小时的电话粥，虽然距离远，但心还是挺近的。

帅气多金的他还是很吸引校园女生的，其中也不乏一些条件很不错的女生，他偶尔也会逢场作下戏，但心里始终觉得他女朋友才是可以厮守终生的那一个。

人算不如天算，在大二下半学期临近期末考的时候，老吴收到了一条在福州的同学发来的短信，又接到了女朋友打来的电话。

电话里女朋友哽咽着说距离太远，而且她爸妈也不同意她去其他的城市陪着老吴一起流浪，于是只能忍痛结束这段两小无猜的纯洁校园爱情。

短信不长：我看到你女朋友跟别的男人手挽手走在校道上。

那天晚上恰逢中国国奥队对战巴西国奥队，在曲波一个接队友妙传快速单刀正起速的时候，突然之间整个体院停了电，原来已经到了熄灯时间。

体育生可都是脾气暴躁的主，一刹那整座男生宿舍都爆了，各地方言骂街的都有，还有人凑热闹敲起了脸盆，一时间喧嚣声四起。

平时威严满满的训导主任来到宿舍楼下喊话：都已经半夜了，你们不睡女生还得睡，都给我消停了！

话音还未落下，只听有人大喊一句"停你妹"，紧接着一台 18 寸的彩色电视从五楼窗口被丢了出来，砸在了离训导主任不远的水泥地上，四分五裂。

宿舍里的人目瞪口呆地看着老吴和满地的空酒瓶，心里都在庆幸自己没有谈远距离恋爱。

一个留校察看处分似乎突然点醒了老吴，他戒了游戏，同时也戒了爱情，开始针对留在上海的前途选择了一些必要的课程，比如瑜伽和网球。

4.

国内的大四学生基本都已经开始寻找毕业后的去处，老吴在学校安排的单位实习了几天，发现实在是没有办法坐在办公室里朝九晚五，于是便开始靠自己的能力找些相关的工作。

这个时候的老吴早已经脱去了刚到上海时的稚气模样，留了胡子的面庞有了些沉淀感，与人沟通时也多了许多成熟的感觉。

现实还是绊了他一个趔趄——去了好几家不错的公司，面试时却总是千篇一律地先问几个程序化的问题：你是哪里人？有上海户口吗？有没有相关的工作经验？

老吴总是很耐心很 nice（友好）地回答完这些问题，然后，就没有然后了。

经历了三年多的沉淀，他早就已经没有刚来时的愤世嫉俗了，只是微微笑，然后开始寻找下一份工作，心里要留在上海的决心丝毫不动摇，自己选的路，哭着、跪着也要走完。

在临近毕业的时候，老吴终于在一个新开的健身房里找到了一份瑜伽教练兼销售的工作，他在教瑜伽的同时还要出去销售自己的瑜伽课时，倒也是一个有趣的循环。

那时候的上海房价还没有开始疯涨，但好地段的租金也不是一个刚刚毕业的学生能够承担的，于是老吴在房价略低的郊区租了一个小开间，每天去上班都要转两次车，好在上下班时间是相对不堵的下午和午夜。

这个工作的有趣之处在于，他必须努力地卖出瑜伽课时卡，才能确保自己可以行使瑜伽老师的职责，不然就是闲在健身房里无所事事。

刚开始时，老吴凭着自己的喜好找些年轻貌美的姑娘，而显然，那个年纪有点姿色的姑娘不是在谈恋爱就是在发展暧昧对象的路上，没有时间也没有钱去学些类似瑜伽的东西。

头一个月下来，老吴只拿到了保底的 2000 块钱，连车费和房租都付不起，自尊心极强的他又不允许自己再啃老，于是只能跟还在上海的朋友借些钱交了房租。

接下来的时间里，生活的压力迫使他放下自己的自尊心，开始根据市场寻找一些适龄的女人售卖瑜伽课程。这里的适龄，基本上指的是年龄稍微大一些的女人。

一个男人放下自己的身段去赚钱的时候，往往能爆发出自己最大的能量。

老吴开的第一堂瑜伽课已经有了十几个学员，而大部分都是大妈级别的，因为她们最闲，而且受不住帅哥的诱惑。

一眨眼数堂课过去了，老吴倒也是早已习惯了面带微笑应付课堂上的任何突发状况，只有在夜深人静的时候会问问自己这是不是自己当初想要的生活。

而在这期间，丘比特又默默地向他射了一箭，给他送来了一个江南姑娘，人甜貌美身材好，知书达理不瞎闹，他俩一见钟情后马上就同居了。那个时候什么苦什么累仿佛都不是事，有爱饮水饱，两个外地人在大上海甜蜜地相依为命。

半年之后，丘比特对着老吴一鞠躬，说对不起哥们我箭射错人了，于是他和女朋友分了手，原因是有个有上海户口的高富帅在追她。

老吴这次没有砸电视，只是在晚上喝多了之后炒了健身房老板的鱿鱼，并且发了一条短信狠狠地骂了一个在瑜伽课上长年累月占他便宜的大妈。发泄完毕之后开始收拾东西，同时上网买了第二天回福州的车票。

5.

在老吴的观念里，上海之旅并不是失败，只是人生中的一个小逗号，因为有截不愉快的小尾巴，所以不能成为一个句号。

天下之大，只要不回龙岩那个小地方就是胜利，福州也不错呀，至少也是个省会城市。

老吴有个一直在日本的姑姑，几年前回到福州做起了跟日本的对外贸易，因为沾染了日本人严谨的习惯，总是不放心放权给那些来应聘打工的人，自己总是忙得焦头烂额。

早在老吴刚进健身房的时候，姑姑就打来电话表达过想让他回去帮忙，那个时候的老吴还没有放弃上海这个国际大都市的诱惑，加之不久就开始了甜蜜的恋爱生活，所以他一直没有答应姑姑。

在经历了爱情的小变故后，老吴收起了死也要死在上海的想法，转而决定死在福州，也算是退而求其次了。

初到福州，这些年累积的经验让老吴很快就融入了新的公司，有一个良好的工作起始状态。

在姑姑的信任下，老吴很快就接手了公司大部分的业务，每天都有处理不完的事情，真的是连谈恋爱的时间都没有了，还好，这次丘比特也没有乱射箭。

好景不长，因为与日方一次英文沟通上出现的问题，他意外地让公司损失了一笔不小的货款。而姑姑在训斥老吴的时候也丝毫没有顾及亲人的关系和他身为男人的面子，这让他忽然之间又开始怀疑回到福州这个选择。拿着不高的工资做着繁忙的工作，还要受这些委屈，着实是有些辛苦。

巧的是这个时候他的爸爸打来了电话，希望他回龙岩接自己的公司，还有就是给他们找个儿媳妇生孙子。情绪不好的老吴在电话里吼道："既然出来了，我就怎么都不可能回到那个小地方的，在外面即使再辛苦我也能撑过去！"

在这当口，我正好趁着假期回了一次福州，听说了这件事情之后赶忙约了老吴当晚见面。

老吴依旧大气，去当时最火的夜店开了一桌酒招待我，只是刷卡之际显示的余额不足不小心露了底。

那时我的酒量已经有些进步了，以至于在老吴有些微醺之时我依旧还算清醒。在老吴吐了口酒气问我以后是否会一直留在澳洲的时候，我稍微整理了一下思路，心想这是个很好的时机，我要跟他聊聊待在哪儿才合适。

"老吴啊，我俩都认识那么多年了，你老实跟我说，你还觉得外面的世界很精彩，只要走出来就是天堂吗？"我看着他的眼睛问他。

他稍微愣了一下神："当然啊，男儿志在四方，岂能困死在一隅，你看我在福州待得多好啊！"

"大哥，你的习惯还是没变，当你说谎的时候，你连看着我的勇气都没有。回答你之前那个问题吧，我会继续留在澳洲，但拿到永居之后我是肯定会回国的，因为这里才是我的家，即使这里只是大千世界下的一口小小枯井。我们都在成长，我们也都会有错误的判断。那么问题来了，当错误出现时我们是敢于承认自己的错误并且立刻改正，还是执迷不悟继续在错的路上走下去？你是有自己坚持的人，我说得再多也没有办法改变你的想法，但这些都是我最中肯的看法，你不妨听听、想想，记住你还很年轻，你也很优秀。"

老吴陷入了沉思，半晌后拿起了面前的酒，与我干杯，一饮而尽。

6.

前两年过年我回到了龙岩，见到众多发小的时候格外地开心。有些人，就算是很久没有见面，一见到彼此还是马上会有回忆的暖流涌上心头。

更开心的是看到老吴带着90后的妻子，抱着刚满周岁的女儿满脸笑容地出现在我的面前。

他回到了龙岩，回到了这个生他养他的地方，并没有也再不会嫌弃这个小城市，因为在这里他找到了幸福，即使工作和前途看起来并没有在大城市那么好，他却有着在大城市没有的满足感与幸福感。

井底蛙怀着憧憬的心跳出井口寻找他梦想中的伊甸园，经历过风吹雨淋、天敌入侵、食不果腹等种种不幸之后，勇敢地面对自己当时做出的错误选择，回到了那个枯燥的井底，那里有爱他的家，有其他地方得不到的小幸福。

心有多大，世界就有多大，只要有心去追求自己的梦想，在哪儿，那儿有多大，真的不重要，重要的是那里有爱你和你爱的人，有其他地方无法代替的存在感。

总有一个地方是属于你的，也许是外面广阔的天空，也许是那个梦开始的地方，选择在你，由衷地希望每个人都能找到属于自己的幸福。

在自己的盛世芳华里绽放

命运是公平的，就它本身而言，谁也不能破除它的掌控，它让每个人从母亲的身体里来到这个世界，然后死去。

命运却又是不公平的，像一个随机的概率游戏，它让一些人出生时就含着金汤匙，也让一些人先天就比别人欠缺些什么。

"不向命运低头！"一句多么简单直白的句子，普通人时常当口号在喊，而有些人，却真真正正地用自己的一生在践行。

我有一个特殊的好朋友，她有着比常人坚定的眼神、比成功人士自信的微笑，也有着对梦想的坚持、对爱情的执着，即使，她并不能听到别人对她当面的赞美。

张若兰，1993 年 11 月 14 日出生，三岁时药物致聋……本应该无忧无虑的她，被一场医疗事故彻底地改变了人生。2012 年《昕薇》举办的平面模特大赛上，张若兰是成都赛区最特殊的选手。张若兰通过自己的努力赢得了评委的一致认可。她在无声的世界里演绎着自己的舞蹈，就像踏着优美的旋律坠入人间的小天使。张若兰的勇敢让在场的所有选手相信：只要有梦想，没有什么不可以。

以上是百度百科上关于张若兰的介绍，说实话，我会百度这个女生完全是因为有天在某个帖子上看到《最美聋哑人》这种赚眼球的标题，点进去之后，却惊奇地发现那个女生确实长得很美，于是便好奇地百度了一下。

她有着像韩国人的美丽脸庞、让人有些惊艳的身材和专业的拍照pose。如果不是一个残疾人，她完完全全可以秒杀时下的众多网红。

从本质上来说，我并不是一个好奇心强盛的人，就着男人的本性看了看照片后，也在心里稍微地惋惜了一下她的遭遇，也就下了百度继续自己的生活了。

几天后的一个下午，我正在咖啡店里绞尽脑汁地构思着我的《温暖相依2》，手机突然开始叮叮当当响个不停，拿起一看，才发现是被一个好友拖进了一个叫"中国网红集合"的微信群，我苦笑了一下，正准备删群退出，却在一瞥间看到了一张似曾相识的脸。

我好奇地点开一看，这不正是我前两天看到的张若兰吗？而她的个人介绍也写着"最美聋哑人"。考虑了半晌，好奇心促使我按下了添加好友键。

通过验证后，我没有急着聊天，而是打开了她的朋友圈。在这微信假人横行的年代，小心驶得万年船。

在看到打着手语的实拍小视频后，我基本确定了这个是她本人的微信。

跟所有的陌生微信好友一样，我打了招呼，收到回应之后我直接跟她说了我前几天有看到关于她的一些报道。现在的微信上有太多所谓的套路，而我觉得要真心交朋友就一定要以诚待人，特别还是对她这种特殊人群，一定不能含有任何欺骗成分。

就这样，我们开始了在微信上的打字聊天，由于她听不到的关系，我时刻提醒自己不要不小心按到了语音功能。

出乎我意料，交流过程并没有像我所想象的充满低气压和负能量，相反，我常常被她打出来的一些文字逗笑。

于是，她跟我聊起了很多从小到大因为自己身体的原因被人歧视、被人欺负的故事，她说得轻松，却总能不经意地触到我内心最柔软的部分。

我看着满满当当的聊天记录，闭上眼睛，设身处地地将自己代入她的成长历程，一个个场景像电影一样出现在脑海中，当我睁开眼睛的时候，我感觉到了眼角滑落的泪水。

怎样的一个人，才能够在如此的逆境中成长起来，即使世界对她不公，世人对她排斥，她还是每天微笑着面对这个世界？不抱怨、不解释，独自撑过人间的苦难，她完美地诠释了人生没有过不去的坎。

想着这个不因命运屈服、顶着大风大雨一路往前的若兰，我很想对这世界上大多数人说：她尚能如此，你还有什么资格不努力？

几周之后，当我慢慢记录并且发现她的成长故事足够拍一部感人肺腑的电影的时候，公司派我去她所在的城市上海出差。

办完公事后，距离我乘动车离开上海还有四个小时时间，我看着微信的页面犹豫了半天，终于发出了给她的微信："我在上海，有时间喝杯咖啡吗？"收到肯定的回复后，我的心情更加忐忑不安了。

我来到了约好的咖啡厅，提前点好了两杯咖啡，等待的时间里，想象力丰富的双鱼座在脑袋里重复编排了好多种见面后的画面及沟通过程，未果，还是紧张。

忐忑的时间过得特别快，感觉转眼就收到了若兰的微信："我到了，在门口，没看到你啊！"

　　我赶忙起身走到门边，看到一个身材十分娇小的女生，瘦弱的身体包在一件火红的羽绒外套下，仿佛在向这不公的世界表达自己内心的不忿与反抗。

　　将她迎进来之后，我随口说道："给你点了焦糖玛奇朵可以吗？"却看到她用大眼睛瞪着我，接着拿手指了指手机，缓解了我的尴尬。

　　到那一刻我才知道，即使面对面，我们还是得用微信文字沟通，因为我能说，她却听不到。

　　我们就这样拿着手机，面对面一言不发，手指却动个不停，偶尔抬起头看一看对方，微笑过后继续低头打字。

　　这是我一生中第一次用如此奇怪的见面沟通方式，我却没有任何不习惯的感觉。

　　若兰就在离我不到一米的地方，微笑着打下了她更多的成长秘密，看着面色有些阴霾的我，她甚至微笑着劝慰我："笨蛋，那些不好的事情都已经过去啦，我现在不是好好地坐在你面前吗？"

　　道理我都知道，真正让人成长的一定是生活带给你的伤害，从伤害中得到的经验与教训，一定胜过其他一切成长方式，但我还是没有办法想象生活给这个美丽少女所带来的一切。即使努力克制，同情还是情不自禁地如潮水般涌上心头，那一刻，我有些想流泪。

出乎我意料的是，在我提议将她的遭遇，或者说在她看来只是生活经历的这些东西写出来的时候，她拒绝了，她笑了笑，打字问道："你不是说你的书里写了很多爱情故事吗？那你可不可以也写我的爱情故事，让大家知道其实爱情是公平的，它不会在乎你的出身、身体状况、国籍，只存在有没有缘分一说。"

面对这样的请求，我没法拒绝，于是只能将我最想写出来的那个部分尘封在心的最深处，听她娓娓道来她所经历的爱情。

若兰三岁之后的世界就跟大家一样又不一样了，不一样的是大家对她的态度，一样的是她对这个世界的态度。她不觉得自己和大家不一样，大家能做的事情她也能做，只是可能要付出更多的努力，因为不是有句耳熟能详的话叫"有志者事竟成"吗？

跟普通人的情感经历大致相同，若兰在小学五年级情窦初开，喜欢上了那个初中部风靡全校的校草。

若兰是典型的天蝎座，字典里不存在暗恋这种字眼，于是，她开始四处打听关于校草的一切，也制造着各种偶遇的浪漫与惊喜，但他们从来没有沟通交流过，只在偶尔的眼神交会中，她看到了他眼中的欣赏与渴望。

终于有天放学，若兰将校草堵在了校门口，在彼此深情对望了几秒钟，按照剧本应该开口表白的环节上，若兰打着手语拿出了早已准备好的情书，交给了愣在那儿的校草。

作为男人，校草那一刻的心情其实我多少能懂点，基本上是三个步骤：一、我去，那个天天对我暗送秋波的女神要跟我表白了。二、什么？她居然是个聋哑人。三、唉，算了吧，来不了，可惜了。

校草拒绝了若兰，理由是没有理由，也许他的智商局限让当下的他并不能想出来还有什么理由拒绝这个外表看上去一切都很完美的女生，也许是涉世未深的他实在不知道该说什么才能不伤害这个单纯的渴望爱情的女生。

不管出于什么原因，他都深深地伤害到了憧憬爱情的若兰，她精心准备的第一次表白就这么无疾而终了。

若兰的直觉是校草嫌弃她是个聋哑人，那是她第一次对自己的身体条件感到无比闹心，她只是想经历一场甜蜜的初恋，即使会像多数电影那样有着苦涩结局，她也不在乎。

当她在微信上打出她难过得割腕的时候，我的心揪成紧紧的一团。我像一个入戏的观众，即便知道她现在好好地坐在我面前，心情还是十分沉重。我逃避她的眼神，低下了头，恰巧看见了她左手手腕上淡淡的划痕。

"哈哈，你不要这种表情呀，被拒绝之后我让自己变得更好，我开始让自己变得更美，就从那时候开始我学会了化妆，我可以感受到周围人眼神里的变化，我也看到了他惊艳的目光。后来他反过来追我了，但我已经不喜欢他了，于是他说他等我，一直等着。他不了解天蝎座，我不会再喜欢他了，但还是谢谢他让我成长。"

说出去的拒绝，泼出去的水，这个世界上本就没有后悔药吃。若兰在经历短暂的颓废之后马上让自己变得更好，这种精神与意志力是很多时下的年轻人所欠缺的，而这段经历，让她真正地开始接触到了爱情，那个令人向往却有诸多遗憾的领域。

一个机缘巧合，若兰参加了《昕薇》的模特大赛，这让她在一夜之间变成了一个网红。网民们惊叹于她的美丽，叹息着她的遭遇，很多人开始关注她，当然其中不乏只在乎她长相的渣滓。

在比完赛之后，若兰来到了中国的经济中心上海，开始了她自称为"做网红"的经历，而她的初始想法很简单：好好赚钱，养活自己和家人。

她开始慢慢地学习，尽力地让自己融入这个五光十色的圈子，却始终感觉到若有若无的些许歧视与怜悯，这两样，都不是她想要的，因为她始终觉得自己也是一个普通人，应该享受所有普通人该有的礼遇与尊重。

这些小挫折并没有使她向命运低头，相反，她那不服输的个性再一次强势地出现，她开始疯狂地接拍各种平面，出席活动商演，一心只想证明普通人能做的她只会做得更好。

这期间，若兰接拍了一个时尚杂志的封面，也很荣幸地接到了这个杂志的一个时尚派对的邀请。

当晚，若兰盛装出席，初入场就吸引了在场大多数男生的眼球。

她并没有回应男生们炙热的目光，也没有接受任何主动示好男生的邀约，而是很好奇地接近了一个静静地坐在沙发上，只在她进来时看了她一眼就不再抬头的男生。

在天蝎座强烈好奇心的驱使下，她主动走到了那个沙发边，摇了摇手，用手语询问着是否能够坐在他的身边。

男生明显吃了一惊，微笑着示意她入座，那一笑，也融化了若兰的心。

他们开始在微信上聊天，总是有说不完的话题，似乎聊一整天也不觉得累，往往聊到不得不睡觉的凌晨时光。

男生很绅士，总是会开着车来到若兰家的楼下，早早地下车，等着她下楼，帮她开车门，扣紧安全带，无微不至。

若兰也开始学习做饭做菜，让男生来家里吃，看到男生吃得不亦乐乎，她也会由衷地感到开心。

在一起三个月的日子里，他们过着平淡甜蜜的生活，爱情的力量使若兰的脸上每天都充满着幸福的笑容。

一切看起来都是那么完美，但敏感的若兰总觉得哪里不太对劲，因为跟她在一起的时候男生的手机总是调成静音，而且哪怕再晚，不管在什么地方，男生总是要回家，理由是爸妈在家等他。

一个年近30的男生，竟会因为爸妈而天天晚上必须回家。这让若兰有些怀疑，却因为害怕失去而没有深究。

纸是包不住火的，若兰终于还是在一个共同好友那里知道了这个男生早就已经结婚了。当她痛苦地质问他的时候，他还是微微一笑，说了一句"我爱你"。

就因为这句话，若兰又舍不得离开他了，因为她也爱他，缺乏爱情的她对这段感情是那么投入，又带着无比的期望。

028

在经历了一个月痛苦的折磨之后，若兰终于忍不住了，她哭着发微信给这个男生，告诉他她要离开上海了，离开这个给了希望却最终深深地伤害了她的城市。她的善良不允许自己再做第三者，不允许自己再做破坏别人家庭的事情，即使他们爱得那么深，那么真。

在那个咖啡厅，我看着面前这个令人心疼的小女生，她的微笑里带着决绝的坚强。我可以感受到她对爱情的坚定，可这样的坚定最终还是败给了客观现实。

我整理了一下思绪，打下了一行文字："若兰，每个人的生命中总会有一些不期而遇的事。我们邂逅爱情，身陷其中，甜蜜而充满希望，然而很多时候我们并不能阻止客观事实带来的伤害，有些命中注定，既然无法改变，就去坦然接受。我希望你不要因为这一次伤害而不再相信爱情，因为我知道，一定会有更好的男生来爱你，而你，是那样值得被深爱。"

我在打完这些字后，列车的时间表已经不允许我再多做停留，即使我还是很想好好地给这个小女生一些陪伴、一些心灵上的安慰。

让我开心的是，在不久后的一条朋友圈上，若兰开心笑脸的旁边，出现的是一个韩国欧巴帅气的侧脸，她终于还是找到了她心目中的完美爱情，希望这一次他们可以终成眷属，希望她可以一直被保护、被疼爱。

28 岁的贝多芬开始渐渐失去听力，他却在耳聋之后作出了举世闻名的《命运交响曲》，即使听不到，他还是用自己对音乐的执着，感受到命运就是那样敲门的。

命运是否公平，是个永远无法辩证的命题，很多时候，要看你自己怎么去看待自己的命运。是向不公的命运服软屈服，还是不认命地抗争到底，取决于你的心态，还有你的努力。

人生没有过不去的坎，把抱怨生活的时间拿来努力实现自己的梦想，只有靠自己撑过了这许多苦难，你才会发现原来上天早有最好的安排。

孔子先生

参加《非常完美》的第二个星期，我睡眼惺忪地走向化妆间，在走道上就听到一口很浓重且大声的台湾腔："是哟，我前女友是白痴啊，她跳了我当然只能跳下去啦。"

进了房间，入眼倒是惊艳了一霎，一个神似小栗旬的日系男生很随性地坐在里面，一头长发仿佛在摇曳着说"我很帅"，一件背心下偶尔不小心露出的文身也在呐喊着"我很酷"。

看到我走了进来，他大大方方地走过来说："你就是海哥吧，本人比电视上帅嘞，你好会说话哟，厉害厉害，我叫仲尼，哈哈。"

我小心翼翼地握了一下他的手，在不明对方性取向的情况下我一向比较拘谨。我回了一句："谢谢，你也很帅，呃，孔子先生，呵呵。"我忘了那个时候我有没有应付性地扬起嘴角，因为实在是太困了。

出乎意料，节目开始录制时这个有些另类有些帅气的男人站在了我旁边的那个位置，而就像我俩那不经意的相遇一样，他不经意地进入了我的生活，似乎短时间内也不太想离开。

　　仲尼当然不是孔子，他只是将自己的英文名 Johnny 音译过来，我掐指一算，他一开始应该也不知道孔子字仲尼，乌龙过后一看这逼装得 beautiful（妙极了）啊，于是一直沿用至今。

　　仲尼有一个爸爸，两个少小离家的哥哥，和一个他最爱的妈妈。

　　仲尼的爸爸 43 岁时才有了他这个最小的儿子，据说那个时候他爸爸已经是厦门一带很有名的拳师，开着一个当时厦门地区最大的武馆，相当于佛山宝芝林在广东的地位了。

　　爸爸的传说很多，其中比较荡气回肠的一个是他带着两个徒弟拿着扁担打走了二三十个地痞流氓，成为当时武林的一段佳话。当然此事无从考证，全凭仲尼口述，以我对他多年的了解，他认认真真胡说八道的时候连他自己都会被感动。

　　仲尼遗传了爸爸的武侠之气，从小就凭着双拳征服厦门各大小学初中，据他说是打遍厦门无敌手，但从他强壮的小腿肌来看，他小时候一定没少落跑。

　　我也用肉眼目睹过仲尼仙风侠骨的那一面，那是一个我们在 KTV 都喝多了的夜晚，因为一点突发事件我俩冲到别人的包间，在我看到对方有六个男生而做好拼命准备的时候，他将我往后一推，指着对方说："来，你们六个一起上。"

这无边的气势把对方吓傻了，以为喝个酒惹到李小龙师弟了，赶忙过来又道歉又敬酒的。

第二天酒醒时说起这事，我还没来得及发出由衷的钦佩之声，仲尼有些害羞地说："是吗？我断片了，呵呵。"

仲尼的两个哥哥都曾是一方大人物，无奈命运多舛。

大哥早逝，却间接将仲尼带上了作家的道路，关于他大哥的故事——《100个鸡翅的故事》在韩寒的 ONE App 上被登出后引起了一阵风潮，也是那个故事坚定了仲尼走作家的路。他先后也出了两本书，市场反响十分不错。据我个人的推测，他这个故事名字中"鸡翅"二字吸引了一大堆吃货读者，定位精准有效。

用他自己的话说，"会写书又长得帅的很少了"，我始终觉得把"长得帅"改成"那么自恋"比较合适。

二哥风光时，钱在他眼里只是数字，现在是不风光时，所以暂时按下不表。

仲尼的妈妈是个和蔼可亲的阿姨，在与我为数不多的几次接触里，妈妈待我都是十分地亲切，每次都在我们吃完饭后很亲切地邀请我留在他们家吃饭。

仲尼最爱他妈妈，因为他觉得妈妈很辛苦，他们一家四个男人，没少给家里惹事添麻烦，而妈妈总是无限地包容着他们，跟在男人们后面擦屁股。

最夸张的一次，仲尼在初中时惹了一件根本不应该是他那个年龄所能接触到的事，他妈当机立断地把他送去了加拿大，让他在那边游学半年避过了灾祸。

回国之后，仲尼没有跟妈妈说太多矫情的话，却在胸前文上妈妈的名字。那个文身很帅，更帅的是爱家庭有孝心的男人。

我读过一句关于天蝎座的话，"在天蝎男没有认真爱上一个人安定下来之前，他就是潘安转世的情种"。这句话放在仲尼身上再适合不过了，不夸张地说，他是我认识的所有男人里最会泡妞的。

在北京录制《非常完美》的几个月里，我在他身上见识到了电视上文字中都没有办法表达完整的泡妞技巧，震撼之余不禁唏嘘自己这些年白活了。

但就这么个看起来游戏人间的浪子，却在一次酒后吐露了自己为前女友做的许多痴情往事。

其中一个故事听起来就像电影桥段。

当仲尼和前女友还在厦门的时候，有一次他们从厦门坐船去鼓浪屿。

在船上，仲尼搂着前女友，吹着海风看着海鸥，甜蜜地享受着这安静的一刻。

他前女友突然开口问道："你爱我吗？"

仲尼："当然爱。"

前女友："那我跳下海你会救我吗？"

仲尼："当然会。"

"扑通"，他前女友就跳下去了。

仲尼苦笑，转身把手机交给船员，也跳了下去。

很凄美的爱情故事，而最让我感动的是：他俩都不会游泳。

在仲尼自己的想法里，他是爱他前女友的，他因为设计与写文案的才华被认可，从厦门调去上海公司之后，他们就很少有分开的时间了。

跟大部分年轻人奋斗的轨迹一样，他们在上海那个陌生的城市里相依为命，过着清贫的生活，却是精神上的百万富翁。

仲尼做着设计、写着文案，也在一次偶然的选角机会下当起了模特，事业也算是有些起色了。

他的前女友是巨蟹座，十分顾家，总是能在仲尼忙碌了一天之后让他在家体会一家之主的感觉，那种小桥流水的爱情，正好是天蝎座心中渴望的那一片宁静。

在一次醉酒之后，仲尼拉着我说起他与前女友在上海过着所有平凡夫妻都过着的居家日子，第一次一起逛超市、一起在家做饭洗碗，周末也不出去 party 而是两人窝在家里看电视，其间他们还收养了一只流浪猫，一家三口其乐无穷。

就这么普通平凡的生活，一点都不精彩，却是他内心深处到现在都一直念念不忘的东西。讲到动情之处，他几度垂泪，感动得我自灌一大口酒陪着他一块儿哭。

第二天起来，我正想问问他俩为啥那么好却还是分手了时，他愣了愣，看了看我，说道："我昨晚跟你说我们的故事了吗？不好意思，我断片了，呵呵。"

像许多老套的分手台词一样，他们在交往两年之后的第一次吵架源于三观的不同。

那个时候仲尼接了个设计的活，没日没夜地在办公室加班，加上其间穿插的模特拍摄工作，搞得他心力交瘁。

前女友却因为心里的不安全感老找他麻烦，上到回家时间太晚，下到仲尼晚上翻身吵醒了她，总之是什么事都能引她抱怨，但她的初衷，只是想仲尼能够多用点心在她和这个小家的身上。

男人来自火星，女人来自金星，两种不同构造的生物产生的心理反应自然不同。

仲尼上班的时候被老板骂，回家的时候被老婆嫌，连他们家的猫都直拿屁股对着他，在这多重压力下，他终于爆发了。

天蝎座的怒火一旦发泄出来就一发不可收拾，仲尼在家里摔了两个盘子，象征性地砸了一下电脑，并毒舌地说出了许多伤人的话。

在他惊觉那些话有多伤人时，前女友早已不堪重负抹着泪离开了，留给了他一个空荡荡的家和一只懒洋洋的猫。

男人特有的自尊让仲尼没有放下脸去找前女友，反而是静下心来享受了几天自己一个人的生活。独处的时候，他才更能直视自己的内心，与自己进行深层次的灵魂对话，去发现自己是否真的是需要这种平静的爱情、平凡的生活。

答案还没等到，他却等来了他人生中的一个重要转折点：参加《非常完美》。

仲尼参加《非常完美》的过程简单却也不简单。

不简单的地方在于《非常完美》的编导早在半年前就给他的微博留过言，前后数次，希望他可以来参加《非常完美》这个节目，除了威逼，其他能想到的法子编导都想了，仲尼却一概拒绝。

简单的地方在于最后一次沟通时编导无计可施地建议他去看看最新一期的节目，仲尼百无聊赖之际点开视频，看到了站在台上的12个漂亮女嘉宾后，回道："订票，去。"

他的第一次《非常完美》亮相是在男选女的环节，过程用他自己的话来说是不堪回首的，据说紧张到两腿发软、全身冒汗、语无伦次、双唇颤抖。

导演在后台看得直摇头，但女选男那个环节实在是太缺少男嘉宾了，于是只能让他凑个数站在六号位置，心里估摸着下个月就不让他来了。

他这一站就是整整大半年，一直到那起突发事件。

他有次醉酒对我说很谢谢我，说就是因为我站在五号位置时对他的照顾，抛梗给他，以兄弟打温暖牌，他才得以留在《非常完美》的舞台上，才有了今时今日的粉丝量和出书的动力。当然，那天的单我后来埋了。

蝴蝶效应我是一直相信的，但我也没把他说的那些话太当回事，因为我觉得他应该是又断片了，呵呵。

由于仲尼本身就是个日系帅哥，又有天蝎座的那股邪劲，以及多年累积下来的文案经验，当然还有我在旁边的一些助力，他的微博关注度呈几何式上升，他也很快就从一个默默无闻的小模特变成了坐拥二百多万粉的红人。

在这期间，前女友来找过他一次，仲尼其实心里还是爱她的，之前生的气也早已经烟消云散了，但不知道是内心的骄傲还是一夜爆红的虚荣心作祟，他并没有答应前女友和好的要求，而是打了一个太极，希望双方还是冷静下来想想彼此是否会有将来。

仲尼特地来问过我，说这样的决定不知道是对是错。我很认真地对他说："两个人在一起靠的是异性间的吸引和荷尔蒙的热情，在一起之后是否能够走下去很多时候就取决于两个人的人生观、价值观是否相同。你们分手的原因其实很大部分就是三观的不同，所以你们即使现在能够回到恋爱关系，也不可能回到当初的美好了。既然如此，为何不让那美好停留在彼此的回忆里，偶尔回味一下，而不要再去惊扰那段时光了。

之后，仲尼继续着他的《非常完美》录影，来跟他表白的女生越来越多，其中有的人做出来的事情让所有在场的人都始料不及。

有把车开到录影室门口要送他车钥匙的；有找了他的好友来给惊喜继而深情告白的；甚至还有文了跟他一样的文身上台来的……

而这些人却都输给了一个聪明绝顶又无比执着的女生，那个叫JJ的双子座女生。

JJ小姐上台的时候，所有人都愣了愣神，有的人惊叹于她的美丽，有的人喜欢她柔顺的长发，但我却惊诧于她那淡然的表情，那不是可以装出来的淡雅，而是天生的一种气质，那种看透一切的神情，出现在这么一个年轻女孩身上，却不会让人感觉到不协调，这确实是一个与众不同的女孩。

接下来的对答环节，JJ小姐表现出来的睿智与博学，再次让我刮目相看，我在心里默默地搜索了一番，好像真的只有传说中的林徽因能给我相同的感觉。

我可以感觉到，JJ 小姐是冲着仲尼来的，我也同样可以感觉到，仲尼也有些被她灵魂深处的东西吸引到。

每个人，自懂事之后，都在这个大大的世界上寻找着自己的灵魂伴侣，许多人没有找到，就急匆匆地结了婚断了念想，但这也不妨碍他们在碰到有灵魂共鸣的人时产生那种雀跃的感觉。

仲尼当然没有当场答应 JJ 小姐，不是不心动，只是负责任，因为触及灵魂深处的东西，并不是一时半会儿能够做出个草率决定的。

那时候的仲尼，就像是个随风而动的跷跷板，左边是前女友那安定的婚姻生活，右边是 JJ 小姐带给他的灵魂的欢悦。

在他摇摆不定的时候，JJ 小姐二次返场，再次当面表达了爱意。

虽然仲尼还是拒绝了，但语气里表现出来的犹豫已经暴露了他内心的纠结想法，照我看来，爱情的天平已经渐渐地向 JJ 小姐倾斜了。

在这个时候，那件改变所有事物运行轨道的事情不期而至。

那是一个正常录制的下午，那段时间同期录制的兄弟们走了好多，录制过程似乎也有些低气压。

录到下午第二个女生时，陈怡姐先把仲尼请到了台上。

完美之门打开，JJ小姐踩着她永恒不变的步子走了出来，众人惊诧，更让人惊诧的事情发生了，仲尼看到JJ后竟然突然起身，转身跑出了摄影棚。

录影暂停，我第一个冲出去找仲尼，感同身受，我能感觉到在思想纠结期的他突然又见到JJ时的不知所措与恐慌，于是，他选择了逃避。

回到台上之后，仲尼告诉我是节目组特地安排的这桥段，因为JJ小姐马上要去英国了，她想给这段相遇做一个了断。

很多时候，人们会在心里自己编写一个剧本，按照剧本，故事总会有一个完美的结局。但这剧本毕竟只是编剧单方面的臆想，特别是在爱情这部特殊的电影里，没有得到对方的回应，往往只能让结局变得支离破碎，偏离了起初设定的情节。

曲终人散，JJ一个人去了英国，仲尼因为感觉被节目组摆了一道而离开了《非常完美》，而我，自然是因为兄弟义气随他一同离开了。

一只蝴蝶扇动了一次翅膀，引起了这场海啸。

节目不做了，我和仲尼的兄弟感情却是日渐加深。

那段时间由于酒吧生意不好，生活过得有些拮据。仲尼知道之后特地找到我，让我跟他一起做淘宝，条件全部都是最优惠的。

记得第一个月他将7000多块钱打给我的时候，我还不胜唏嘘了一阵，唏嘘的是那时的状态与人生。

同一时间，他也唏嘘了一下，因为，他的第一本书已经签约了。

并不是所有的缘分都用在爱情上，在我看来，我与仲尼两个人之前的生活轨迹完全不同，却因为一个电视节目而结缘，并且成了无话不谈的好兄弟，这也是一种缘分。

由于年长，我卖了个老自称哥哥，但这个弟弟身上，有太多值得我学习的地方。

他的成长经历，其实就是一部活脱脱的励志剧，而这部优秀的作品，还继续着。希望他就这么一直走下去，让世人继续看到他不为人知的才华，当然，也希望我永远都会在他身边，与他彼此鼓励，一起坚定地走下去。

稍微交代一下他的出身：

1.老爸是厦门有名的拳师（于是仲尼苦练身体，曾有为爱情踢开

房门准备单挑六个男人的壮举——断片状态下），有两个哥哥和一个
爱他的妈妈。

2.小时候叛逆，有大哥风范，中学开始垄断地下赌球——小孩子
有大智慧，最后躲到加拿大。

一碗红烧肉

去年我从宁波举家带口地搬回厦门，家是几袋衣服，口是女儿YUKI，可怜的YUKI自己在宠物集装箱里待了小半天，接到它的时候它眼神呆滞。

第二天一早，我还在忙着收拾家里的东西，YUKI自己跑出了开着门的家，我追出去，看见它正带着恢复光彩的眼神低头舔着一个陌生人的裤脚。

我尴尬地说："不好意思，这傻狗。"

那人尴尬地回："没事，这狗母的吧，我们家有只公狗，估计是闻着味了。"

于是我俩又尴尬地对视笑了笑，我趁他没注意悄悄踢了没出息的YUKI一脚。

看到他身上的工服之后，我开始寻求解决尴尬的办法："您是快递员呀，我正好有几本书要寄出去，您方便进我家收一下吗？"

"没问题呀，我就是负责这一带快递送取的，你以后要发直接找我就成。我叫阿国。"

"嗯，好的，我叫大海。"

"哇，你们家也农村的吧？我爸妈说取个俗点的名字好养。"

"……"

就这样，我发了几本本来并不急着发出去的书，将这笔账算在了YUKI身上，等它长大了赚钱还我。

那个时候正好碰上第一本书《愿你与自己温暖相依》的发行期，像我这种没名气、没长相、没后台的新晋作家，当然需要不断地签名，把书送给粉丝、朋友、家属，于是那段时间我见得最频繁的人就是这个叫阿国的快递员。

一来二去，我们渐渐熟识了，他有次忍不住问我说这书是谁写的，我说是我，他说能送他一本吗，我说可以，然后他就拿走了一本，还郑重地让我署上了"送给阿国"的字样，开开心心地拿着回家了，却也没有因为这事给我免过一毛钱邮费。

有天阿国上门的时候我正好在吃外卖，开了门后，他站在门口怎么都不肯进来，问了半天也不肯说原因，只是脸上看起来有些哀伤，我只能将当天要寄的书拿出门口给了他。

他拿了书就匆匆离去了，过了一会儿给我发了条微信："余哥，你今天外卖点红烧肉了吧？我特受不了那味道，所以才没进家，不好意思了。"

居然还有受不了红烧肉味的，真是世界之大，无奇不有。

几个月后，我这只候鸟又要北飞了，YUKI 早早在过年的时候被我送回了福州陪妈妈，剩下的一应东西寄去余姚就好，于是我又打电话给了阿国。

他来了之后看到这阵仗问我是要离开厦门了吗，我说是的，他有些依依不舍，坚持着一定要请我吃餐饭，而我这个不会拒绝人的人也只能答应了。

我俩来到了小区外面的一个大排档，在他的坚持下点了一些昂贵的海鲜，他还要点啤酒，被不想喝酒的我拒绝了，理由是吃海鲜不能喝啤酒，阿国很听话，换成了白酒。

几杯烈酒下肚，关系自然而然又近了许多，阿国居然是个十分健谈的人，让我这个话痨都有些插不上话。

在停话干杯的空当，我想叫服务员加个红烧肉下酒，话音刚出口，就看到阿国脸色一沉，我才想起之前在家时发生的红烧肉事件，赶忙换成了一盘空心菜。

阿国干了手中的满杯白酒，眼中竟有些雾气朦胧。

我没有追问，只是陪着他默默地喝着酒。

陪伴是最善意的理解。

每个人心中都有不愿启齿的回忆，安放在心里最重要的位置，不会随意去触碰，也不允许别人来亵渎。

估计是酒劲上来了，阿国醉眼蒙眬地开启了话匣子。

阿国出生在一个小城市里的一个小镇的一个村子里，家里有务农劳作的双亲，以及一个大他十岁的大姐，和一个大他四岁的二姐。

阿国出生之前家里很穷，基本属于家徒四壁，在他出生之后就更显得捉襟见肘了，爸妈务农的收成大部分都拿回家自给自足了，只有余下的小部分会偶尔拿到镇上去卖些钱换些物资。

乡下封建的思想导致阿国这个独子自懂事开始在家中就是个无法无天的存在，爸妈忙着务农的时候两个姐姐没少受他的气，爸妈回家之后四个人一起受气。

阿国六岁的时候，有天傍晚只有爸爸一人回家，匆匆拿了些被褥和日用品就赶去了村里的卫生所，原来妈妈在白天的烈日下昏倒

048

在了田地里。

医生检查过后说是劳累过度，缺乏营养所致，这让爸爸有些愁上眉梢。

花了家中存了好久的积蓄，爸爸带回了妈妈和一些药物，以及几块补充营养的五花肉。

阿国在睡梦中被一个从来没有闻到过的味道香醒了，睁眼一看，妈妈披着带花的大棉袄在灶台前面忙碌着，虽然柴火的火焰跳着，火星散发着热量，他却还是可以感觉到生了病的妈妈身体发出受寒的轻颤。

阿国睡眼惺忪地看了一眼四周，爸爸和大姐不在，应该是下地干活了，这几天因为妈妈的病情农地没人照看，今天也到了非去不可的时候。

二姐站在妈妈旁边，流着口水眼巴巴地看着锅里的不明物体，不明白那黑乎乎油腻腻的东西怎么能发出那么香的味道。

终于，一盘热腾腾的红烧肉端上了桌，阿国和二姐早已迫不及待地坐在小餐桌前，拿着自己的小碗焦急等待着。

两姐弟狼吞虎咽地吃了大半盘，二姐才想起来问妈妈怎么不吃，妈妈微微一笑，说自己不爱吃肉，倒是可以给爸爸和大姐留一些。

　　阿国年纪小，想不到那么多，听到妈妈说要留下，赶忙又往自己碗里夹完了剩下的几块，撒娇着说爸爸和大姐肯定不爱吃。

　　妈妈笑着摇了摇头，疼惜地拍了拍阿国的头，将剩下的红烧肉汁倒在了碗里，拌了拌饭，匆匆吃了起来，吃得急了些，还不禁咳嗽了起来。

　　晚上，爸爸和大姐回来了，闻到了余香，笑着问妈妈吃了红烧肉感觉好点了吗。

　　妈妈还来不及回答，二姐先一步说妈妈说不爱吃，我和弟弟吃完了。

　　爸爸一听脸一沉，左手一个巴掌打在二姐脸上，右手一个巴掌抽在阿国脸上。

　　看着两个错愕不解开始哭泣的孩子，爸爸的眼泪也情不自禁掉了下来，说道："你们怎么那么不懂事呢？那是妈妈的救命红烧肉。"

　　爸爸的话夸张了，妈妈的病不会因为一盘红烧肉而好起来或者是恶化，但已经明白道理的两个孩子懂得了自己的一时贪吃对妈妈的不好影响，懂得了妈妈对他们的爱。

　　那是爸爸第一次打阿国，脸上的痛楚很快消失了，但对妈妈的愧疚深深地藏进了他的心里。

冬去春来，转眼阿国已经长大成人了，他离开了那个小村子，来到了厦门这个海滨城市。

很幸运，他找到了一个不太需要文化的快递员工作，每天都上比别人多几个小时的班，因为快递员是没有底薪的，他们只能根据自己送收快递的数量来拿工资。

更幸运的是，他找到了一个同样是从外地来厦门务工的农村姑娘，两人住在一个月 600 元租金的地下室里，携子之手，相濡以沫。

这年过年，阿国请了几年来的第一次年假，带着女朋友坐了好久的车回到了自己的家里。

靠着阿国这几年努力打工寄回家的钱，家里早已经修起了一幢两层楼的小别墅，在村子里也算是一栋气派的房子了，乡亲们总喜欢来阿国家串门，因为可以喝到阿国从厦门寄回来的好茶，吃到他寄回的见都没见过的零食。

回到家里，二姐和大姐也带着自己的老公和孩子回家过年了，一家人其乐融融，羡煞旁人。

年夜饭的时候，一家人围坐在大餐桌前，看着彩电里的春晚，吃着年夜饭。

爸爸突然开了口："阿国啊，还记得你小时候最爱吃妈妈烧的红烧肉，可惜这次你们回来得太赶，村子里杀的两头猪早早地因为春节被人买完了，你妈惦记了半天要给你做红烧肉，却还是没有办法。"

阿国想起小时候的红烧肉，尴尬地笑了笑，说道："爸，小时候是我不对，没有顾及妈妈的身体，我自罚一杯。但说回来，妈妈的红烧肉真的是一绝，我到现在似乎还能感觉到唇齿间的余香。"

妈妈欣慰地看了看阿国，又看了看阿国的女朋友，说道："我的乖儿子呀，我真是遗憾这次没给你媳妇尝尝我拿手的红烧肉，下次一定要再回来看看我们，妈妈一定给你们做。"

全家人的酒杯碰在了一起，所有人都沉浸在家人团聚的温馨里，多希望画面定格在这一刻，记录下每个人脸上洋溢的幸福。

阿国结婚了，也很快有了一个可爱的大胖小子，由于路途和工作的原因，阿国没有答应爸妈带孩子回家看看的要求，说是让孩子长大一些再回去，实际上是因为，有了孩子，阿国比平时更努力工作了，根本抽不出时间回家。

这天，阿国在上班的时候收到了大姐发来的一条微信，但由于手上背上都拿着满满当当的快递货物，所以他看了一眼提示就匆匆赶往下一户，之后便忘了再开微信。

两天过后，阿国接到了大姐打来的电话，电话一通就听到了大姐在哭泣，她哽咽着对阿国说妈妈走了。

快递货物散落了一地，阿国六神无主地挂了电话，打开了前两天没听的那条微信，大姐的声音传了出来：弟弟啊，你快回来，妈妈快不行了。

两行泪水无声地滑过阿国的脸庞，时间在那一刻停止了。

回到家后，阿国眼里含着泪处理着母亲的后事，家里没有人怪他，但他内心深处的愧疚感每一秒都如潮水般冲击着他的灵魂，不断地提醒他，他是个不孝子。

一天的忙碌过后，一家人默默无言地坐在大厅里的餐桌上，大厅的正中央放着妈妈的遗像，她笑得很安详。

这个时候阿国闻到了一股熟悉的味道，紧接着看到爸爸从微波炉里拿出了一盘东西。

爸爸将盘子放上了桌，有些哽咽地说道："国，这是你妈妈去世前坚持插着输液管给你做的红烧肉，她始终觉得对不起你，没让你媳妇和孩子吃到你最爱的红烧肉。"

阿国早已泣不成声，他哭着跪在妈妈的遗像前，喊道："妈妈，是我对不起你啊，儿子不孝，连你最后一面都没看到。我不吃红烧肉，以后都不吃了，我只要你回来，回到我们身边啊！"

屋子里，哭成一片。

"大海哥，我们不吃红烧肉好吗？我们喝酒，就喝酒。"阿国醉眼蒙眬地说着话，说完之后就一低头趴在了桌子上。

我埋了单，没有叫醒已经醉倒的阿国，麻烦老板打电话叫他的老婆来接他回家。

回到家后我发了一条微信给他：

阿国兄弟，爱你的妈妈虽然已经远去，但她在天上看到你们一家人其乐融融的样子，一定很欣慰。

这个世界上没有时光机，过去发生的一切客观事实都无法改变，但我们可以改变的是我们未来的生活，给我们爱的人和爱我们的人创造最好的生活环境。

你是一个有担当的汉子，不要因为自己一时的小错误就内疚、难过一辈子，妈妈的在天之灵一定不希望看到你现在这个样子。

树欲静而风不止，子欲养而亲不待。妈妈已经走了，现在你所能做的，就是在忙碌之余常常抽空回家看看爸爸和姐姐他们，亲人永远是这个世界上最爱你，也最需要你照顾的人。

振作起来，阿国兄弟，好好地在人生旅途上继续加油。有缘再见。

——大海

因为年轻，所以不怕犯错，那些留下的遗憾，都会化作点点繁星，照耀在你
以后的人生道路上，使你变成一个更好的人。

如果世事总能得偿所愿，那世间也会少了很多悲欢离合。

有仪式的自我救赎

以前的我是典型的双鱼座，胆小、懦弱、极度缺乏安全感，具体的表现就是太在乎周围人的想法，总是担心自己做错、说错什么会伤害到周围的人。

结果是，我伤害最多的就是自己。

通俗点说，就是活得很累，为别人而活着。可悲的是，别人并不在乎你的活法，每个人都是一个独特的个体，他们努力地经营着自己的灵魂，让其看上去完美，而你，努力地在为别人经营着自己的灵魂，活成了别人需要的样子，却只有在夜深时垂泪安慰自己那饱受委屈的灵魂。

记得四川雅安大地震那会儿，举国揪心，各路人马都用实际行动表示自己最大的关心与支持。

那个时候我刚刚结束第一段非常完美的征程，在北京通州的一个长租房内与那时的女朋友过着自己的小日子。

当时恰逢北京的会所需要交大半年租金，楼顶酒吧正在亏损时期，所有的现金全部拿去补足那两项失败的投资之际。不怕让您知道，当时我与前女友全指着我身上仅存的一张信用卡过活，不过有爱饮水饱，我俩倒也是自得其乐得很。

那天早起看到地震的消息之后，我那易碎的怜悯之心立刻被揪了起来，打电话，发微博和朋友圈，力所能及范围内的事情几乎做了个遍。做完一干事情之后，我回到微博想看看有什么新的进展，突然看到一条留言，是一个平时总能在微博上看到的活跃小粉丝，她每天的日常几乎就是"看我微博、给我留言、发我私信，然后重复以上步骤"，她的那条留言写着："大海哥，你要捐多少钱啊？"

我思索再三，觉得真的应该捐点钱，光说不做或内心焦虑都没有实际行动来得真实。

跟前女友商量，天蝎座的她发挥着毒舌本质："咱家里还有钱吗？最后的现金全拿去进货了，刚给仲尼寄过去。"

虽然不愿意承认，但那确实是当时的实情。而我又将双鱼座多虑的本质发挥得淋漓尽致，终于在纠结了半天之后背着我前女友去旁边的提款机上用信用卡拿了1500块钱现金，汇给了四川省红十字会1314元，明面上祈祷他们平安一生一世，暗里那也几乎是身上所有的钱了。

做完这些，我心里感觉好受了一点，回到家里给那个粉丝回了一条留言："捐了1314，希望他们一生一世不受灾害影响。"

一语激起千层浪，先是那个粉丝回复："你身为一个会所的老板，就捐这么一点钱？"然后这事就如燎原之火，一发不可收拾。

谩骂的有之，支持的有之，质疑的有之，最让我觉得哭笑不得的是下面有人留言问之前那个粉丝说："你这么说大海哥，那你自己捐了多少？"

她回："我没捐，我是学生我没钱，但他有钱不捐就不行。"

赤裸裸的道德绑架，理直气壮到你无法反驳，就差写张纸贴在脸上："我是屌丝我骄傲。"

我无言以对，默默地删掉了那篇微博，损失了最后的钱不说，内心也受到了一万点伤害。玻璃心的自己居然还为损失了一个铁粉而感到遗憾，低下头的同时感觉像个小孩做错了一件很大的事情。

更有甚者，晚些时候，社会大众开始口诛笔伐一个成名已久的巨星，说国难当头他只捐了十万，而跟他一样地位的人至少100万起云云，那义愤填膺的感觉就像是恨不得找个理由抄了人家家，再将别人所有的财产劫去济贫，如此才能一圆社会主义新中国的伟大理想。

我就想问一句，别人的钱是天上刮风卷到他家的吗？是他走在马路上突然被一张彩票打到脸上拿起一看我靠中了这期的一亿大奖吗？

站在道德制高点要求别人之前，可否扪心自问一下你自己能够做到吗？

后来，和前女友分手了，汶川开始重建了，那个明星依旧活跃在第一线，而我，还是双鱼座，却也变得内心坚强，不再为别人而活了。

人生就那么短短几十年，百年之后尘归尘土归土，有缘的地下相见打个麻将，无缘的永世不见，为何要让自己活在别人的道德标准下。

有句话我一直认为是正理：不要跟别人说你正遭受什么不幸，因为 20% 你爱的人会为你担心，剩下 80% 的人只会开心地看你的笑话。

做自己最重要。

现在在我身边还是会不定时出现一些我连见都没见过但一上来就指手画脚仿佛我欠了他旷世巨款的卫道士，我都会微微一笑，温柔地说你走，爱看不看，爱喜欢不喜欢，你不是我的谁，你的心情我没必要负责。

我过着我自己想要的生活，我不违法乱纪，我处事时心怀善良，我怀揣感恩之心，我努力赚钱养活自己，所以我没必要去在乎那些自以为是的人的感受，毕竟你们没有赐我身体发肤，而且估计也不会给我钱。

学会爱自己，学会爱你在乎的人，学会自己开心地活着。

第一本书写完之后我几乎忘了写过了什么，但有一句话一直都刻在我心里：你就是自己的全世界，自己开心了，整个世界都在对你微笑。

对于那种整天无所事事喜欢用自己的道德标准要求别人的人，请横眉冷对地说句：哥屋恩（滚），我的生活关你屁事，我的人生自己负责。

无关礼仪礼貌，这只是一种发泄式的自我救赎。

你的善良，代代相传

　　小时候看金庸，知道了"一甲子"这个很有气势的名词，60年时光，在小说里都属于能够破碎虚空，凌空而去的传奇存在，而在现实生活中，我所能想到的是三代同堂。

　　小时候爸爸教的第一课就是：要做个善良的好人。

　　小余半知不解："怎么才算是善良的人？"

　　老余孜孜不倦："善良就是要想别人所想，急别人所急。"

　　小余："我懂啦，就是别人尿急的时候我们比他还要急。"

　　老余："……"

　　1956年，我爸刚出生那会儿，他的爸爸，也就是我的爷爷，刚刚荣升为西洋村的村委书记，村长在上，百人大村村民在下，倒也属于光耀余家门楣之事。

　　那时的西洋村是个典型的旧社会农村，男人们日出而作日落而息，女人们多数在家相夫教子，村子里的人有钱的用钱，没钱的就做些简单的物物交换，但那时还没有计划生育的牵绊，村子里的人口发展迅速。

田就那么多亩，人口却发展过快，导致有些本来就土地匮乏的家庭出现了小范围的饥荒情况。

在这种情况下，村子里开始出现了一些以往没有的偷盗行为，当然都是偷些晒在外面的李子和种在地里的南瓜，拿回家以满足温饱。

这天傍晚，爷爷还在办公室加班，突然被一阵喧哗声打断了整理文件的思路，出门一看，村里的保安大队长带着一个叫小钟的村民来到了门外，队长大声训斥着什么，小钟红着脸低着头。

爷爷上前一问，才知道小钟由于心疼家里生病的妹妹，想去偷一个村民家晒在外面的小鱼干，结果被人抓个正着，交给了保安大队长。

正在问询的当下，忽然西边的小路上走过来两个人，原来是小钟的妈妈带着一个上门相亲的红娘，正全村子找小钟呢。

他们家的情况爷爷都清楚，知道小钟到了适婚年龄，他妈费了好多心思终于找到个靠谱的隔壁村姑娘，这不红娘上门想看看人呢。

两人靠近之后，红娘疑惑地看着几人，而妈妈立刻开始询问发生什么事情了。

心直口快的保安大队长接道："大娘，你家儿子偷东西被人抓着了，我给送来书记这里了。"

几人一听都是心下一惊，红娘已经露出了吃惊的表情。

爷爷见状，立刻出来打起了圆场："李子真会开玩笑，居然连偷东西这种恶作剧的话都能逗大娘玩。大娘您别听他的，我找小钟来，是给他安排工作呢，这小子人品德行都属上乘，还有一定的文化基础，我正准备让他来这里任职呢。"

众人又是一惊，这官家的职位在那个时候可是一个走上青云之路的基础，红娘露出了笑容。

一场风波消弭于无痕，几个月之后，小钟顺利迎娶了隔壁村的漂亮姑娘。酒席当天，小钟热泪盈眶地拉着媳妇给爷爷行家长大礼。

事后说起这件事，爷爷教育爸爸一定要抱着赤子之心面对身边所有的人，积极行善，帮助所有应该帮助的人。

爸爸小时候，每天除了回家还会做三餐带去隔壁的爷爷家里，一开始是爷爷叮嘱的，后来就变成了爸爸自发自愿的行为。

隔壁的爷爷近年患了白内障，由于家中的儿女都出外务工了，生活起居十分地不方便。

爸爸谨记爷爷的教诲，并且从心底本能地希望去照顾身边需要照顾的人，于是照顾隔壁爷爷就贯穿了爸爸的童年始终，老人家去世前，念叨的还是小余多年来无微不至的照顾。

1976年，中国发生大灾难那一年，爸爸在北京大学就学，亲身经历了唐山大地震与十里长街送总理。

由于爸爸读的是地质系，野外勘探是必修科目之一，1976年的夏季，他们由导师带队来到了唐山。

爸爸说那天异常地热，全班同学乘一部公车从北京直接来到了唐山市中心，做一个短暂的休息，之后根据计划入山。

平时老被关在学校里的同学们基本上都是第一次来到唐山，大家好奇地看着这个崭新的城市，竟都有些流连忘返，于是大家一起要求晚上就住在城里招待所，第二天一早再进山。导师考虑了一下，觉得也未尝不可，于是便答应了下来。

在大家欢呼雀跃之际，开车的司机给大家泼了一盆冷水，他觉得这里的招待所实在太脏了。众人无奈，只能悉数上车来到野外半山腰上搭帐篷睡觉。

第二天一早，习惯早起的爸爸第一个走出帐篷，伸懒腰之际下巴差点没掉下来，一眼望去，本来高楼林立的唐山市区现在已经被夷为平地，那烟雾弥漫让他体会到一阵苍凉感。

发生在半夜的唐山大地震，震惊了全中国、全世界，在那个还处在比较落后时期的中国社会，救援工作显得格外困难，却牵动了所有中国人的心。

爸爸那个时候在班上非常有人缘，他说服了很多还在持观望态度的同学，带领大家从山上来到城里，展开了力所能及的救援活动。

没有工具，救人心切的爸爸就用没有戴任何护具的手掘地去救人，一天下来双手早已经没有一处正常，却救出了十几个被压在废墟下的受难者，最后还把自己身上仅有的 20 元人民币留给了一个带着孩子的受难家庭。

爸爸讲这个故事的时候轻描淡写，但我还是可以体会到当时的紧张情绪，末了爸爸还教育我任何时候都要换位思考，一定要设身处地帮身边的人多想想。

妈妈私下跟我说过一个鲜为人知的故事：爸爸当年在地质队当领导的时候，一位员工因为抑郁症自杀了，爸爸带头捐款捐物，悉心照顾这个落魄的家庭，在几年之后还私底下全费赞助他们家的儿子读完五年大学。

我的公益之心也是在爸爸的熏陶下渐渐成长的，爸爸的原话我永远记得：尽己之能，日行一善。

1996 年，我刚上初中那会儿，因为发表过一些正能量的文章，有幸被龙岩红十字会邀请参加社会公益活动。

在短暂的几天时间里，我跟随着大部队去了乡下一些需要帮助的村子，看到了很多城市里没有办法看到的民间疾苦，更加深刻地体会到了爸爸从小就教育我的行善思想。

当时我被安排住在一个老乡家里，他们家说是家徒四壁也不为过，一家四口生活得十分辛苦。

生活的艰辛并没有让他们一家丧失该有的快乐，相反他们每天都过得很开心，甚至在妹妹的失口下我还知道了他们还会定时将家里地里收的粮食和逢年过节杀的家禽接济给村子里更穷苦的人。

在几天的时间里，我充分地体会到了他们一家人的善良与正能量。临走的时候我将身上仅有的 100 元钱塞在了妹妹的枕头底下。

多年来，我总是在发生任何天灾人祸的时候第一时间尽自己的能力帮助那些受难的民众，也在自己的能力范围之内赞助第三世界国家的小孩，让他们有可能得到成长时期的最大的照顾与关怀。

一甲子，60 年，三言两语肯定无法表达三代人所坚持的善良与助人为乐，我们却可以从实际行动上给这个世界留下鲜艳的一笔。

在经历了许多事情并且已经有了自己思考能力的情况下，我在爷爷和爸爸的教育中有了一些自己的感悟：日行一善并不是嘴上说说或是做给外界看的，更多的时候做好事不留名反而会在内心深处得到最大的满足感。

善良是中华民族的传统美德，帮助别人其实也是帮助自己，因为你根本不知道什么时候在自己身上就会发生一些不好的事情，自己也会有需要别人帮助的那一天。

亲爱的，一定要保持好你的善良，你要始终相信，心灵美丽，世界也就美丽了。

给自己一个高度，世界会还你一个尺度，永远做一个善良的人，这个世界会用它独特的方式记录下来。

致青春

在正式告别前先谢谢湖人和爵士,湖人的大胜让爵士失去了季后赛的希望,而爵士的配合成全了科比(Kobe)带着单场60分的高分以及最后一场比赛的胜利完美谢幕。

记忆中的重大离别,似乎都要伴随着泪水,我含泪看完了比赛,特别是科比疯狂演出反超比分的最后一节。

很多人不理解为什么别人只是退役又还没死,最后一场也只是拿了60分开心走了,哭个啥子东西。

一个最好的类比就是Bigbang的粉丝们若干年后听到他们即将退出演艺圈时的情绪,以及看到他们在最后一场演出上居然还跳出了180度马赛回转和唱上升8度的高音时的难舍心情。

除了GD和T.O.P我甚至还叫不出其他三个人的名字,而Kobe,整整陪伴了我20年。

舍不得说再见,却已到了再见的时刻。

篮球总会落地,哨声总会停歇,观众总要离场,英雄总要谢幕。

当这一切戛然而止，你是否已经做好准备，带着我们的青春远去？

曲终人未散，欲语泪先流。

Kobe 说过：当那一刻来临的时候，你永远不知道会发生什么，也许我会坐在场边，泪流满面。

结果他食言了，当着全世界数亿观众的面，带着历史告别演出的第一高分，带着无数人无法再走一遍的青春，他带着胜利的微笑，完美转身，留下了他的传说，留下了无数人缅怀青春的泪水。

1996—2016，整整 20 年，7101 个日夜，他 18 次入选全明星赛，拿到 5 个总冠军戒指，1 次常规赛 MVP，还给出了 NBA 历史上单场比赛第二高分 81 分的完美表演。

Kobe Bryant（科比·布莱恩特），像个孤胆英雄一样在 NBA 这个世界顶级的篮球殿堂里接受无数人的褒奖与诋毁。

对我来说，他更像是一个素未谋面的灵魂导师，始终贯穿于我的篮球生涯和人生轨迹中。

"你见过凌晨四点的洛杉矶吗？我每天都可以看到。"

"为什么赛前合练看不到科比？因为他早已经提前四小时来到球场自己加练完毕。"

成功之人必有可取之处，作为一个从高中直接进入 NBA，褒贬不一饱受质疑的球员，科比用刻苦的训练和专业的比赛态度抽了所有批评者的嘴巴。

他有天赋，而且他还努力；他很有钱了，但他从来没有停止追求胜利的脚步。这就是所有迷茫中的年轻人应该学习的对于梦想坚持的态度。

如果要将篮球场比作一个完整的人生，那么科比永不放弃、执着于胜利的这 20 年就是一个完整完美的人生，唯一美中不足的是，20 年太短。

我们都还未老，你却已要远去。

对于科比，很多人的感情是纯粹的，要么爱得疯狂，要么恨得彻骨。

"Love me or hate me, it's one or the other. Always has been. Hate my game, my swagger. Hate my fadeaway, my hunger. Hate that I'm a veteran. A champion. Hate that. Hate it with all your heart. And hate that I'm loved, for the exact same reasons."

"爱我或者恨我，两者必有其一。一直都是这样。恨我的比赛，我的狂妄自大。恨我的后仰投篮，我对胜利的渴望。恨我是一名老将，恨我获得过冠军。恨吧，用你的全身心去恨吧。而且恨我被那么多人深爱着吧，这就是别人恨我的原因。"

至此，所有的爱恨都要画上一个句号。

再见了，永远的黑曼巴；再见了，再也回不去的青春。

Thanks & Bye, Kobe Bryant.

谢谢，再见，科比·布莱恩特。

P.S. 小时候欠过星爷一张电影票，欠你一张球票。星爷的还了，你的，可能再也没有机会了。虽然期待，却不希望你像乔丹当年一样重返赛场。既已成神，真的不需要再证明什么了。岁月静好，愿您安好。

PART2

玫瑰是我偷的，但我爱你是真的

如果还有爱，就请用力爱。因为爱情就像一场雨，淋过之后会让你彻头彻尾醒悟。也许未来再与他无关，但幸福，一定跟你有关。

我知道你的至死不渝，才从你的世界撤离

在爱情的世界里，紧紧相依的心是不容易 say goodbye（说再见）的，但现实社会的太多客观事实却左右了本该纯洁的爱情，令人不胜唏嘘。

1.

双子星大厦里流传着一个内部传说：不管你有没有心理疾病，去看完位于本楼 16 层的心理诊所里的主治医生，你都会染上病，相思病。

这个传说中的女主角 Sammi 是个非典型哈尔滨大姐，金雕玉琢的精致脸庞、36D 的魔鬼身材，美中不足的是身高只有 166 厘米，当然这个缺点每次一提都被无数南方女生喷个狗血淋头。已经拥有如此完美外表的一个美人儿，居然还是清华大学心理系毕业的硕士生，让人不禁感叹她上辈子一定拯救过她们家小区的草坪。

Sammi 大学毕业之后就自己投资开了一家心理诊所，地段选在

市中心最繁华的双子星大厦，装修得有些像无间道里陈慧琳的诊所，诊疗方法也推陈出新。

地段好、装修棒、方式新，这些客观条件跟美丽的主治医生一比就不重要了，诊所每天门庭若市，男患者占大多数，而且多数还是没病找病的。

医院前台每天主要负责两件事：丢掉前一天枯萎的花和收进当天送的花。其他倒也没什么大事了，反正大多数人也不是真的有病。

Sammi 是个工作狂，每天都准时到诊所，开始应付有病的没病的找病的各色人物，但她只要一进入工作状态，就精密得像一部机器，不允许自己犯任何错误，因为病人的康复是她最需要顾及的事情，真正地治好一个人的心理疾病让她有无限的成就感。

每天的预约都很满，Sammi 给自己定的是每个小时自己必须有十分钟的休息时间，一是调整自己的状态，还有就是，给她的未婚夫打电话，每到这个时候，严肃的医师就会化身为一个俏皮的小公主，前台第一次看到那场景时摔坏了一副眼镜，再之后看到一次坏一副眼镜，最后干脆换成了隐形日抛。

2.

Love 是个典型双鱼座，从他这腻死人的英文名就可以看出来，在美国留学的时候，他没少被周围的人笑这名字娘娘的。他不管，他觉得爱情是这个世界上最浪漫的事情，没有面包也要饿一会儿才会死，没有爱情还不如直接死了呢。

Love 有双鱼座特有的善良，也有双鱼座特有的敏感，他的心里渴望爱情，却又害怕自己受伤，所以在一段感情里他需要很多的安全感，这点从他每天都要给他的未婚妻打好多电话就能看出来。

没错，他的未婚妻就是那个上辈子拯救了草坪的 Sammi，一个万人迷。如此完美的未婚妻让 Love 的不安全感以几何倍数上升，特别是知道了有许多讨厌的男人没病装病之后，他更是有寝食难安的趋势。

Sammi 很爱 Love，爱他的单纯与善良，这是她认为一个人身上最重要的品质之一，于是她不会反感自己可爱未婚夫的骚扰，每次通话时听到他紧张的声音反而会觉得有种恶作剧的成就感，这让本该无聊的上班时间充满了快乐。

下班之后的两人，更是如连体婴一般如胶似漆，早已开始同居的他们生活在一起时总是开心着幸福着，完美的爱情羡煞旁人，两人也在双方父母的同意与见证下立下了婚约，定在半年之后的圣诞节去巴厘岛完婚。

3.

这天下午，Sammi 穿着正装一本正经地应付着个明显没病找病的健康男人，突然手机一振收到一条短信："你未婚夫没有去上海出差，他和别人去了北戴河，住在 × × 宾馆。不用谢我，请叫我雷锋。"

看完短信后 Sammi 完全呆住了，回想起前两天 Love 出差时的支支吾吾，以及这两天打电话发微信的频率减少，似乎其中有些玄机，并不是她所想象的工作繁忙。

"Sammi 你还好吧？有什么事可以跟我说哟。"旁边的猥琐男似乎发现了她的不对劲，开始大献殷勤。

"我好得很，倒是你，没什么心理疾病，只是有点肾虚，好好回去补补吧。"说完这话 Sammi 起身走出了诊室，对前台说："把司机叫到楼下，我要去北戴河。"

坐在车上的 Sammi 有些六神无主，眼睛望着窗外却找不到焦点，不知道是因为担心未婚夫出轨还是有其他什么原因。

上车前她给 Love 发了一个微信，嘘寒问暖了一番，Love 说他正在东方明珠上跟客户谈事呢，说完还录了一下旁边呼呼的风声，那声音落在 Sammi 耳朵里却像踩着碎玻璃般刺耳。

"可能只是一个误会吧。"司机对她轻声地说。

Sammi 没有回答，但后视镜里的苦笑似乎已经出卖了她。

4.

Sammi 第六次低头看自己的手表，身为心理学硕士，她知道这是已经极度不耐烦的心理投射，要不是自己身为女人该死的直觉，她已经想发个短信回去开骂了。

当她怀疑自己错怪了 Love 而有些心生愧疚之时，她看见了那个不想看见的熟悉身影。

Love 牵着一个女生，脸上却没有什么幸福的感觉，取而代之的是一脸的忧心忡忡，连眼前出现个大活人都没看到，径直撞了上去。

并不大力的一个撞击却将 Sammi 撞得一个大跟跄，差点就坐倒在地上，两个人错愕地对视了一下，Love 立刻甩掉了自己手中的纤纤玉手。

"老婆你听我说，不是你想的那样的。"Love 脸色煞白，像闯了大祸的孩子，紧张地上前想拉住 Sammi 的手。

Sammi 退后一步，没有让他抓住自己的手，拿出手机，翻到了那个匿名短信的页面，指着屏幕说："若要人不知，除非己莫为，都是成年人了，自己犯的错自己要承担责任。分手吧，婚约取消了。"

Love 一听急了，带着哭腔说道："真不是你想的那样的，老婆，我只爱你一个人，至死不渝的那种，你听我解释啊。"

听到"至死不渝"四个字，Sammi 的脸有些发白，她苦笑着摇了摇头："啥都别说了，咱们好聚好散吧，再见。"

Love 还想上前争辩，却看到了旁边同样白着脸的女伴，仿佛做了一个很难做到的决定，继而看着 Sammi 上了车，扬长而去。

Sammi 在车上看着后视镜里那最爱的男人，哭成狗。

Love 重新牵起了旁边女生的小手，哭成狗。

5.

"我的好闺女，听阿姨说句话好吗？别急着挂电话。"电话那头 Love 的妈妈近乎哀求。

Sammi 偷偷抹了把眼边的泪水，故作镇定地说："阿姨，您说。"

"这事真的是阿姨不对，那个妮子是 Love 的前女友，前几天突然给阿姨打电话，说是她得了绝症，剩不了几天时间了，临走前就想见见我那傻儿子。Love 是个善良的孩子，他不忍心拒绝她，又怕你误会，所以只能出此下策。你能原谅他吗？他现在每天不吃不喝，到了晚上就出去喝酒，我们全家人都很担心他。"

Sammi 呆呆地拿着电话，任凭泪水在脸上蔓延，半晌，拿起话筒艰难地说："阿姨，谢谢您一直以来对我的爱与照顾。善良是 Love 最好的品质，他的心软也是善良所致。但爱情是自私的，我没有办法原谅他去找其他女人的事实，就算我们勉强在一起，以后也不会幸福的。阿姨你帮我劝劝他，给他一点时间，我相信他很快就会好起来的。"

电话那头传来了挂断电话的忙音声，却掩盖不住电话这头歇斯底里的哭泣声。

窗外下雨了。

6.

一道闪电打过，白光闪烁在加护病房内，反射在洁白无瑕的四壁上，配合着细雨落地的微声，宛若仙境。

　　Sammi躺在房间中央的病床上，拿起手机删掉了那条自己给自己发的短信，再打开微信转了十万元给那个见过面却未说过话的女生，手一滑，手机掉落在病房的地毯上，随之落下的还有眼角那滴晶莹的泪水。

　　病房窗户外，传来了家人的哭声。

　　"我知道你的至死不渝，所以只能利用你的善良，因为这样，你会比较好忘记我。"

　　"你幸福就好"，是这个世界上最善良的成全和最令人心疼的大度。

错爱

"生活并不会将我打垮，只是让我学会了隐忍，深深地隐藏起我的痛苦，因为再没有人会在乎。即使我的心中早已悲伤泛滥，我也只会取其中仅有的快乐与人分享，你看到的，只有我的若无其事。"

这是 Herman 最后一条朋友圈，图中的他笑得娇媚如花，身边有几个略异于常人的小孩，同样笑得十分灿烂。

1.

上帝雕塑 Herman 的时候跟他开了个小小的玩笑，一个完整的男生身体，却住着一颗女孩的心。

Herman 第一次发现自己的取向与旁人不同是在小学的时候，那次家里停水，爸爸带着他来到了男生大澡堂，他害羞得面红耳赤，却又禁不住偷偷在瞄，心里小鹿乱撞。

在上学的时候，男生们都喜欢凑在一起踢足球打篮球，而

Herman 只喜欢和女生们待在一起，聊八卦跳皮筋，小女生们都很喜欢他，不仅是因为他长得清秀、说话温柔，还因为他很懂女生们的心。

相反的，班上的男生都很不喜欢他，出于小孩心理，其实主要是因为他能很轻易地靠近他们喜欢的每一个女生。他也不喜欢这些不爱干净，整天学着大人们讲粗话的男生们，却只对一个人无法抗拒。

那是他们班当时的班长，长得有些像张涵予，除了年龄未到还长不出胡子，其他各方面都 man 到不行，成绩优秀，人也聪明，是许多女生心目中的白马王子。

少女情怀总是诗，这话放在 Herman 身上也同样适用。他总是变着法子接近班长，班长也把他当成很好的死党，两个人什么都能聊，甚至还有一次两人玩累了不小心在家里的沙发上睡着了，Herman 醒来的时候近距离地看着班长细长的睫毛，看得心猿意马，却只敢将头稍稍地靠向他的肩膀，细嗅着班长身上淡淡的男性荷尔蒙，陶醉在自己的世界里，心里却不断地提醒自己，不能捅破这层窗户纸，原因不言而喻。

Herman 的家庭十分传统，在得知这个令人尴尬的问题后，家人好好地找他谈了一次，希望他可以跟妹妹一起去国外留学，避开这个是非之地，不用承受周围人群的流言蜚语。

妹妹听说能去国外开心得很，无奈 Herman 就是不肯，被问起原因时，他支支吾吾，心里眼前出现的全是班长的身影。

这天放学，Herman 和班长开心地在冷饮店里吃着冰沙，电视上放着 Breaking News（爆炸新闻），屏幕里的知名台湾主持人声泪俱下地出柜，周边记者一片哗然，闪光灯完全不顾泪水的滑落，倔强地闪个不停。

Herman 扭头看了看班长，却看见他脸上厌恶的眼神，遂有些不安地说道："他好勇敢啊，居然承认这个事实，我觉得他不应该受责备，这不是他的错，只是上帝给错了身体。"

班长有些错愕地看了他一眼："别闹了，这么大逆不道的事情，虽然现在社会已经进步了，却还是无法原谅啊。"

电视里的声音依旧嘈杂，正好掩盖了泪水滴在桌面上的微小声音。

回到家后，Herman 订了最近一班飞往悉尼的飞机，带着心碎，和这段无疾而终的初恋。

2.

来到了悉尼这个对同性恋相对包容的城市，Herman 仿佛来到了梦中的伊甸园，这里没有鄙夷的眼光，没有恶意的伤害，只要你愿意，同居都不是问题，而且据说澳洲已经成功完成了一例让婴儿从男性的身体里受精并出生的手术。现代医学可以说是日新月异，只有想不到的，没有做不到的。

两兄妹初来乍到，都还在花时间去适应这个与国内大相径庭的城市，去适应不同的文化，陌生而又新鲜的感觉，使得他俩乐在其中。

Herman 边打些零工边等待着自己命中注定的缘分，却没想到先等来的会是妹妹给他的一个大惊喜。

那天是澳洲的国庆日，Herman 约上了妹妹和在澳洲的若干好友去 Manly 海滩烧烤庆祝节日。

大家都按时来到了海滩边，却迟迟等不到妹妹，最后一商量决定边烤肉边等，紧接着生火的生火，串肉的串肉，都开始忙得不亦乐乎。

Herman 平时就在一个西餐厅打工，于是当仁不让地承担起了主勺烤肉的重任。

"哥，我来了。"突然间妹妹的声音响了起来。

Herman 开心地一抬头，却看到妹妹的身边站着一个黑人，两人十指紧扣，这一变故吓得他手一抖，正拿着的烤鸡翅掉进了黑乎乎的炭火中，他抬头抱歉地对着他们笑了笑。

趁着大家开始吃肉喝酒的当口，他给妹妹使了个眼色，将她支到了一旁没人的地方。

"我的亲妹妹啊，你这是唱的哪一出啊？"

"老哥，Thomas 虽然是黑人，但他是我见过的最好的男人，我们是真爱。"

"我去，你有没有想过老爸老妈知道了该怎么说你啊？"

"哥，你是 Gay 这个事情他们都只能被动地接受，还有什么不能接受的。"

Herman 被这一句话噎得无话可说，不过转念一想也确实是这样，自己天天喊着世界平等，人人平等，取向平等，却在有关妹妹幸福的关口断了电。他自嘲地笑了笑。

Thomas 很快用自己的幽默和善良打入了他们的朋友圈，大家都慢慢开始喜欢上他，看到妹妹脸上洋溢着幸福的笑容，Herman 心中有阵阵的幸福感。

真正的爱情，不能被客观所左右，神圣而庄严的爱，无关国籍、信仰、肤色、文化，乃至性别。

3.

妹妹开始了与她黑人男友的幸福生活，很快就搬离了原本两兄妹合租的家，Herman 倒也是乐得清闲，每天上课、打工、回家，三点一线，忙起来之后渐渐也忘了班长带给他的丝丝心痛。有时半夜睡不着想起那段往事，自己也会笑笑自己当时的幼稚，人各有志，爱情这东西如何能够强求。

每年三月的第一个星期六，悉尼都会举办举世闻名的 Mardi Gras，这是全世界最大的同性恋大游行，每年都会有超过两万名来自各地的同志参加，也会有大部分悉尼当地居民凑热闹拥上街头，共度这个肆无忌惮的狂欢节。

秉着中国人的内敛，Herman 拒绝了店内一个同志一起去参加游行的邀请，但这并不妨碍他跟着店长和几个员工一起去观看游行。出于对同志的尊重，西餐厅老板很慷慨地给他们放了一天假，当然，他也怕喝了酒失了心的人砸坏了他店里的花花草草。

几人一行来到了位于市中心乔治大街和利物浦路的十字路口，这是个十分完美的观赏点，可以近距离看到四面八方拥出来的各式各样的奇葩人群，也可以清晰地看到游行中进行的各项表演。

悉尼当天的太阳很识趣地悄然躲在了层层云朵后面，似乎羞于见这热闹的狂欢场面。

音乐、酒精、表演、人群，一场盛大的派对如期而至，此刻的这里没有太多道德的约束，没有任何的歧视与桎梏，有的只是对自由的向往和对生活的热情。

Herman 一口干掉了手中的啤酒，在酒精的促使下唱着跳着，完全放下了心中的顾虑与担心，还有对家人的愧疚，只想在当下做心中那个最真实的自己，不再在意缠绕在身边的异样眼光，也再看不到别人的指指点点，听不到令人心碎的流言蜚语。

忽然间人群里响起了许多尖叫声和掌声，觅声而去，Herman 看到了数十个裸露着上半身的帅气外国男生，他们笑着将手中五颜六色的传单撒向人群，其中的一个男生仿佛感受到了 Herman 的目光，偏过头来与他对视了两秒，然后居然朝着他走了过来。

Herman 当时的心理无法用语言形容，他只感觉被一道闪电击中了天灵盖，电流将他带进了那男生深邃的眼眸里，他进而感受到了两人水乳交融的灵魂。

过程很短也很长，他从灵魂震撼中清醒过来的时候，眼前早已失去了那个男生的踪影，只剩下依旧喧嚣的街道和手上的反歧视宣传单。

真正的一见钟情，也许就应该是第一眼就感受到彼此灵魂的碰触吧。

4.

时近傍晚，街上的人群也已经四散而去，只剩下地上的杂物提醒着路过的人们这里刚才进行过一场盛大的狂欢派对。

店里的厨师 Rob 摇了摇还在走神的 Herman，提醒他要一起去先前订好的泰国餐厅吃饭了。

Herman 回过神来，甩了甩头，似乎想要把那眼中的影像甩出自己的视网膜，却发现它早已进入了自己的脑海，他苦笑了一下，随众人出发去往泰国餐厅。

一行人来到位处于 Oxford Street（牛津街）的一家著名泰国餐厅，这条街也是传统的同志聚集地。

为了衬托今天这特殊日子的节日气氛，餐厅别出心裁地撤掉了所有的用餐桌椅，摆上了一张贯穿店内的大长桌，桌上摆满了各色泰国的传统食物以及一些西点，晚餐改成了自助餐模式。

晚餐在柔和的音乐和融洽的气氛中进行着，餐厅内提供各色免费的酒水，这让大多数在场的酒鬼们放开怀大喝起来。

随着时间的推移，大部分人已经结束了晚餐，店内的员工也识趣地撤掉了碍事的长桌，DJ放起了劲爆的音乐，在酒精和音乐的双重作用下，一些单身男士开始蠢蠢欲动，寻找着心仪的目标，期待着可以为这精彩的一天画下完美的句号。

Herman坐在一边想着心事，丝毫没有注意到原本在他身旁的Rob此刻已经在舞池里贴上了一个身材高挑、穿得火辣无比的泰国女孩。

"你好，请问我可以坐在你旁边吗？"旁边突然传来了一句问话。

"嗯，当然可以。"Herman下意识地回道，抬头一看，却惊喜地发现那张早已印在脑海里的俊俏脸庞。

"你还好吗？我叫Jose，来自英国。"

一句话将Herman从走神的状态下拉了回来："嗯嗯，我不能再好了，我叫Herman，来自中国。"

入座之后Jose十分绅士地点了一瓶红酒，与Herman边喝边聊起来。

也许是夜色动人，也许是好酒令人陶醉，再或许，这本就是上辈子安排好的一场相遇，总之，他俩聊得十分投机，仿佛认识多年的老朋友，没有一点陌生感。

接近午夜，音乐突然柔和了起来，众人纷纷停下了摇摆的身体，迎着这轻音乐邀请身边的舞伴在舞池中跳起了慢舞。

Jose 与 Herman 碰杯喝掉了杯中最后的红酒，优雅地起身弯下腰伸出自己的右手，看着 Herman 的眼睛说："May I（可以和我跳一支舞吗）？"

Herman 看着那双明亮又无比魅惑的眼睛，情不自禁地伸出了自己的手。

两人在舞池中尽情地起舞，身边的人群都惊艳于这一对的天造地设，也相继投来鼓励的目光。

Herman 迷醉在这氛围里，多希望时间停止在这一刻，身边只要有这个男人，自己就仿佛拥有了全世界。

不期而遇的爱情，甚是美好。

5.

两人在一起了。

Jose 有着英国男人特有的绅士与温柔，敏感的小神经总是能及时感受到 Herman 心情的变化，给他最大的关怀与爱护。

Herman 也十分珍惜这来之不易的爱情，时刻感恩上天带给他这个珍贵的礼物。

两人的各方面都很合拍，就像上帝在出生时将他俩残忍地劈成了两半，跨过千山万水，历经重重险阻，终于缘分又让他们相遇了。

Jose 是牛津大学的高才生，毕业之后来到悉尼进入了世界四大会计公司之一的 KPMG，通过自己的努力已经在几年内当上了审计部的主管。

不管工作有多忙，回家有多晚，Herman 总会亲自下厨做好第二天给 Jose 带去公司的便当，因为他知道脑力劳动者需要补充更多的微量元素，总吃外卖他不放心。

Jose 也会常常给他制造一些小惊喜，每个月的纪念日、情人节、圣诞节，各种节日总是变着法子带他去不同的地方，送一些暖心的小礼物。

妹妹知道了以后也很为他感到高兴，经常带着她的男朋友回家，四个人一起在家里喝着红酒打着德州扑克，温馨而愉快。

日子过得平淡，却每天都感觉到无与伦比的小幸福，Herman 却慢慢开始有了点小担心，因为他和妹妹的假期要到了，他们马上就要一起和爸妈过年了。

为了这个事情他还特地找到了妹妹，咨询她的意思，甚至想着要不他就找个理由不回去了，面对辛辛苦苦带大自己的父母，他学不会欺骗，却又担心他们接受不了这个事实。

妹妹安慰他道："安心啦哥，他们也都知道这是迟早的事情，谁也不能阻止你找寻自己的幸福。我跟 Thomas 还合计着一起回去呢，等爸妈都心平气和地接受了，我们就在澳洲办一个盛大的婚礼，想想我们四个一起走进教堂，男的帅女的美，那画面多完美呀。"

Herman 哑然失笑，想想也是醉了，三个男生一个女生，两个黄种人一个白人一个黑人，真是画面太美不敢看。不过，如果真能那样也真的是很幸福呢。

"对了，婚礼的钱得先你们出，谁叫你们有钱呢，哈哈！"妹妹补上一句，还没等他反应过来，立刻远去。

回到家里之后，正在做图表的 Jose 感觉到了他兴致似乎有些不高，赶忙过来询问。

Herman 没有提回家见双亲的担忧，只是说了跟妹妹有些分歧，接着很兴奋地说出了妹妹一起举办婚礼的提议。

出乎意料，Jose 只是微微一笑，并没有在这个问题上做进一步的讨论，很快地找到另外一个话题岔了过去，他有些小诧异，却也没有再深究了。

很快，他们就迎来了交往之后的第一个离别，两人依依不舍地在机场告别，直到安检的入口阻隔开了彼此。

6.

飞机准时降落，爸妈早已等在了机场，妈妈开心地拥抱了自己最爱的儿女，爸爸神情略显严肃，却也是掩盖不住见到儿女的快乐心情。

几人一路在车上有说有笑，妹妹说了许多在澳洲的趣事，将爸妈都逗笑了，一家人其乐融融，但都很默契地没有谈论感情方面的事宜，似乎都不想破坏这幸福的时刻。

回到家后，两兄妹各自回到自己的房间，分开前妹妹跟 Herman 使了个眼色，意思是见机行事。

果不其然，妈妈紧随着他进了房间，将门虚掩之后开始询问两人的感情问题，Herman 本来就不善言辞，只能推托说自己要去洗澡，饭后再说。

他们家里有个传统，吃完晚饭后一家人都得陪着爸爸看七点钟的新闻联播，雷打不动。

于是，随着时间的推移，饭后一家人准时坐在沙发上，当新闻联播熟悉的片首曲响起的时候，重头戏如期而至。

两兄妹眼观鼻鼻观口口观心，高僧入定般坐着一言不发，似乎都陶醉在新闻联播的知识海洋里。

爸爸一声佯装的咳嗽，使得妈妈开了话匣子："学业方面我和你爸倒都不担心，你们大了也都有照顾自己的能力了，经济开支只要有需要，家里都还有些存款，就是这交男女朋友方面，你们现在都有进展吗？"在"男女朋友"上，妈妈还特地用了个重音。

"爸妈放心，我们都有男朋友了，我给你看他的照片。"妹妹笑嘻嘻地拿出手机，打开与 Thomas 的合照递了上去。

不知是有意还是无意，爸妈都忽略了"都有男朋友"这句话，眼光被妹妹递上来的手机吸引了过去。

"这，怎么是个黑人啊？"妈妈看清楚之后声音立刻高了八度。而爸爸的脸色也立刻晴转多云，阴沉了下来。

"黑人怎么啦？老爸老妈你们不要有封建的思想哟，现在讲求的是自由恋爱，我们可是真爱。你们再往后翻照片，我们可有夫妻相了。"妹妹嘟着嘴说道。

妈妈顺着手机相册往后翻，在几秒之后似乎石化了，爸爸一把打掉了手机，站起身来走回房间，"砰"的一声巨响，狠狠关上了门。

两兄妹捡起手机一看，屏幕上是他们两对情侣在海滩上的照片，四人两两牵手，对着镜头笑得很甜。

妈妈的眼泪情不自禁地掉了下来，哽咽着说："我和你爸都看出来了你原来喜欢你的班长，以为那只是你年少不懂事，同时也将你送到国外，就是希望你能从年少时的无知和冲动中苏醒过来，走上身为一个男生该有的正常爱情之路。"

Herman 怔怔地看着手机上那张照片，心疼着老妈的眼泪，却无比坚定地说道："对不起妈妈，我知道我辜负了你们的养育之恩，但我是真的没有办法喜欢女生，要怪只能怪上帝给错了身体。"

"你就不可以为了我和你爸，为了我们这个家好好地找个女生传宗接代吗？"

"妈，爱情是这个世界上最自私的东西，我也想要追求我自己的幸福，强扭的瓜不甜，请你原谅我不能委屈自己去成全你们的幸福。"Herman 坚定地一字一句说道。

这个时候爸爸似乎在门里听到了这句话，他一把将门打开，对着他们喊道："一个个都出息了，真是白养你们那么大了！除非我死了，要不然我们绝对不会同意你跟一个男生交往这件事情！"

Herman 一听这话血气也冲头了，他失去了往常的冷静，也用低吼的声音对着爸爸说："我们也一样，除非我和 Jose 有人死了，要不没人能够阻止我们的爱情。"

本来一个和谐无比的家庭聚会，被这个严肃的话题拉扯得支离破碎。

在后来的几天里，两兄妹都没有再见过爸爸，而妈妈每天都在唉声叹气，时不时还掉下眼泪。

家里的低气压促使 Herman 打电话改签了回澳洲的机票，他比任何时候都想要看到 Jose，想要对他倾诉自己的委屈与思念。

7.

在机场见到 Jose 的那一刻，Herman 再也抑制不住憋了那么多天的泪水，扑到他怀里哭了起来，在他熟悉的港湾里发泄着这些天的委屈。

两人回到家里后，看到桌上 Jose 精心准备的两人晚餐，Herman
开心地笑了，心里默默地更加坚定了自己的坚持，为了爱情，一切
苦都值得。

幸福的时间总是感觉过得特别快，马上就要圣诞节了，两人早
已跟各自的公司申请了年假，西方传统一年中最重要的日子，即使
不拿双倍工资，都得好好地享受一下二人世界。

这段时间家里安静了许多，Herman 因为愧疚和逃避心理，最近
都没有打电话回家，奇怪的是爸妈也没有再打电话过来，他也落得
清净，很认真地在谈着自己的恋爱。

由于 Herman 除了澳洲就没有去过其他国家，这个圣诞 Jose 偷
偷地买好了去伦敦的双人头等舱机票，带他回自己出生成长的城市，
给了他一个大大的惊喜。

虽然航程遥远，幽默的 Jose 一路上都在说着一些英国的趣闻逸
事，Herman 倒也不会觉得单调，转眼间飞机已经降落在了伦敦希思
罗国际机场。

虽然在出舱门前 Herman 就在 Jose 的提醒下穿上了厚外套，出
了舱门之后他俩还是被迎面吹来的寒风冻得一个哆嗦。南半球的圣

诞节恰逢夏天，温度居高不下，而英国，正处寒冬，白雪皑皑。

两人回到了 Jose 在伦敦的家中，生了火，扑腾的火苗带来了暖意，两人开了一瓶红酒，舒服地躺着沙发上看着电视，静静地享受这浪漫的平安夜。外面风雪交加，室内温暖如春。

第二天一早，Jose 就叫醒了还在沉睡的 Herman，笑着调侃他不能浪费这宝贵的圣诞时间，让他赶紧起来跟他出去领略一下雾都伦敦的特有魅力。

两人去了白金汉宫，那是英国君主位于伦敦的主要寝室和办公室，Jose 说着英国皇室 300 年来的兴衰；他们又顺着泰晤士河来到了大本钟，这是伦敦的标志性建筑之一，也是游客必来之地，Jose 笑称最开始时大本钟一小时敲响一次，后来估计是考虑到太多游客抱怨时间太久，于是改成了现在的 15 分钟敲响一次；两人还去了著名的海德公园，可能是由于冬天加上圣诞节的关系，广场上并不像平时人那么多，Jose 拿出特地准备的一些花生米，两人一起开心地喂起了鸽子，夕阳的余晖映在两人的脸上，笑容那么美，心里那么甜。

经过了一天的游览，两人都有些玩累了，最后他们来到了今天的最后一站——位于切尔西的米其林三星餐厅 Gordon Ramsay。

Herman 看到那只有在电视上和报纸上看到过的餐厅大门时，兴奋地紧紧抱了 Jose 一下，这可是闻名世界的米其林餐厅，据说是英国最早获星的餐厅，很多他店里的员工和厨师都对它心心念念，但昂贵的价格和要提前两个月预订的火爆也让他们望而却步。

8.

坐在梦中的餐厅里，Herman 像个好奇的孩子一样东张西望，周围的一切都那么新鲜，人们都很 nice 地对他投来善意的目光。

他好奇地问 Jose 怎么订得到这家餐厅的，Jose 微笑着敲敲他的脑袋，说是早在半年前就已经在网上预订好了，圣诞节的位置可都是直接在网络上交保证金的，他还开着玩笑说还好两人这半年来感情平稳没有分手，要不就浪费了这么好的餐厅了。

美味无比的菜肴被一盘盘依照顺序端了上来，米其林三星的厨师都以个性著称，大部分这种餐厅里都是不提供现场点菜的，而是厨师根据心情用每天的上选食材来搭配出精致的每日餐点。

浪漫的 Jose 点了一瓶店内珍藏的 95 年拉菲，引得周围的食客都投来羡慕的目光。

转眼间一瓶红酒见了底，晚餐也接近了尾声，已经到了餐后甜点阶段，这个时候 Jose 又叮嘱服务员开了一瓶黑桃 A 香槟，两人都有些微醺了。

时间慢慢地来到了八点半，这是晚餐快要结束的时刻，整个餐厅的人却似乎还不愿意离去，各自吃着水果喝着香槟聊着天，谁都不愿意浪费这好不容易才订到的餐厅。

忽然间，餐厅内的灯光暗了下来，紧接着一个由三人组成的乐队从厨房的方向走了出来，弹奏着 Bruno Mars（布鲁诺·马尔斯）的经典浪漫曲目 *Marry You*，然后他们居然朝着 Herman 他们桌走了过来。

走到他们桌前，整个餐厅的灯都熄灭了，只有一束射灯照射在 Herman 他们桌上，他们此刻就是全场的焦点，餐厅里的人都没有说话，音乐也停了，Herman 似乎预感到了什么，用手捂着嘴巴，一副不敢相信的样子。

Jose 从西装口袋内拿出了一个红色的盒子，庄重地站起来，继而单膝跪地，打开戒指盒，一枚精致而闪着光的 Harry Winston（哈利·温斯顿）钻石戒指出现在 Herman 面前，他略有些紧张地说道："我最爱的 Herman，感谢上天将你带到我的身边，我知道我是一个多么不完美的爱人与朋友，谢谢你一直以来对我的包容和爱护。此刻，我只想对你说，和我结婚，让我照顾你一辈子，我会对你不离不弃，我们永远不分开。好吗？"

Herman 的泪水无声地滑落，但那是幸福的、开心的眼泪。他激动得说不出话来，冷静了几秒钟才望着这个他深爱的男人说："Yes, I do（我愿意）！"

话音刚落，整个餐厅响起了雷鸣般的掌声，在场的所有人都被感动了，都以掌声和欢呼声来送给这对真心相爱的情侣，没有人会在乎他们的性别、肤色和国籍。

Jose 开心地给 Herman 戴上了属于他的定情信物，轻吻了一下他的额头，两人坐下来继续甜蜜地享用剩下的一些香槟。

让人意想不到的是，几分钟之后，Herman 发现自己的左手指有些不舒服，借着微弱的光线一看，他被吓了一跳，原来戴戒指那个手指头前半截被戒指勒成了紫青色，充血充得十分严重。

两人都吓坏了，在大家的帮助下用了肥皂水、食用油等物品尝试着要将戒指脱下来，却怎么也不成功，在 Herman 已经感觉手指发麻快要丧失知觉的情况下，他们只能打电话叫来了急救车。

到医院之后，医生尝试了一些方法后很遗憾地宣布只能用切割的方式拿下来。

虽然心疼这昂贵的名牌戒指，但还是人身安全要紧，于是医生用锯齿割开了戒指。

Jose 细心地安慰了 Herman，他却一点都开心不起来，因为他觉得求婚戒指会发生这种情况，似乎预示着一些不好的事情会发生。

两人在包扎好伤口之后一起回了家，默契地没有再提结婚的事情。

9.

几天之后，Herman 突然接到了妹妹打来的电话，一接起来就听到了妹妹的哭声："哥，爸爸，爸爸他得了重病，妈妈让我们快点回去！"

Herman 惊得差点没拿稳电话，想起了前几天的戒指事件，心中不安的感觉像是首都的雾霾，灰蒙蒙的，挥之不去。

匆匆告别了 Jose，兄妹两人赶最早一班飞机飞回了国内，一路上两人都担心得几度落泪，机窗外的高气压与舱内的低气压形成鲜明的对比。

下了飞机之后，两人上了舅舅的车，当他们发现车并没有往家里开而是直奔医院的时候，两人知道情况比他们想象的还要糟糕。

加护病房外，兄妹俩看到了坐在门口神色黯然的妈妈，几人还来不及寒暄，早在一旁等待的护士就催几人穿上消毒探视服，然后将他们领到了爸爸的病床边。

几人来到了爸爸的身边，看到他身上密密麻麻地插了许多管，医生看到众人进来之后，抱歉地摇了摇头，默默地取下了爸爸嘴巴上的氧气罩，吩咐护士打了一针强心剂，接着就带着护士退了出去。

过了一小会儿，爸爸缓缓地张开眼睛，看到了早已哭成泪人的家人，他试着用力挤出了一个微笑，接着轻声缓缓地说："都回来啦。"

"是的爸爸，我们回来了。"两兄妹强忍着悲伤的情绪哽咽道。

"回来了就好，回来了就好。爸爸没用啊，等不到抱孙子的那一天了。女儿啊，爸爸以前没多对你好，原谅爸爸，答应爸爸给我们家生个大胖小子，什么肤色都没有关系。"妹妹泪流满面，抓着爸爸的手，使劲地点着头，却说不出一句话。

爸爸将视线移向 Herman，说道："最爱的儿子，你是家里的长子长孙，记得一定要照顾好妈妈和妹妹。最重要的是，你能不能答应爸爸一件事情，要不爸爸很难瞑目啊！"

Herman 哽咽着说："爸爸，我什么都答应你，你放心，你一定会好起来的。"

"好好好，那你答应爸爸，好好地找一个女朋友，给咱们家传宗接代。好吗？"

　　Herman 听到之后停顿了几秒钟，艰难地点下了头。

　　爸爸看到他点头之后眉头欣慰地舒展开了一些，接着转向妈妈，说道："老婆，辛苦你了，我爱你。"随着这一声最真情的告白，电脑上的心电图渐渐由上下波折变成了一条直线，生命消逝的刹那，只听到电脑上那一声"嘀"的延长音，以及家人们撕心裂肺的哭喊和挽留声。

　　爸爸走了，带着对全家人的期许，和对全家人的爱。

10.

　　全家人忍着伤痛操办完了爸爸的丧事，Herman 也才有了时间静下来好好地想想答应爸爸的事情。

　　亲戚无意间透露了爸爸的病或多或少是对他的恋爱操心过度而导致的，这让他的心中充满了内疚和纠结的情绪。

　　一边答应了爸爸要传宗接代，一边自己最爱的还是 Jose，Herman 陷入了深深的纠结中，因而最近茶饭不思，日渐消瘦。

　　妹妹看不下去哥哥这颓废无助的状态，她背着哥哥偷偷地写了一封邮件给 Jose，把发生的一切以及哥哥目前纠结的状态全部都写在了信里。

Jose 收到信后，思量了半天，终于在电话那头流着眼泪给 Herman 传了一条短信：亲爱的，自从上次戒指事件之后，我仔细想了想我们的性格以及我们之间的相处方式，最终我觉得也许我们并不是天造地设的一对。你回国那么久也没有消息，也许你也是跟我一样这么认为的吧。正巧，我被一个朋友邀请去非洲最贫困的地方做一些支教的工作，马上就要启程了，在这之前我觉得还是得跟你说明白。家里的钥匙我麻烦 Thomas 转交给你，东西我会找人来全部带走。请你相信我，我原来是那么深地爱你，只是，现在那份感情已经淡了，希望你理解。最后，希望你一切都好。

Jose 打下最后一个句号，在心里默念了一句"再见了我今生的最爱"，按下了发送键，然后哭成狗。

Herman 收到短信，拿着手机，脑袋里一片空白，接着想起了爸爸的遗言，在回复信息里写道"谢谢你，希望你也幸福"，在心里默念了一句"再见了我今生的最爱"，按下了发送键，然后也哭成狗。

妹妹在旁边看到了这一切，但她想着这也许是解决这个事情最好的方式，长痛不如短痛。

两天之后，妈妈惊喜地发现，儿子主动要求自己联系之前有相亲意向的女孩。

又过了两天之后，表面上看对眼的两人居然决定闪电订婚，妈妈开心地大呼爸爸在天之灵保佑。

11.

如果 Herman 没有收到来自 Thomas 的电话，也许故事就会这么看似圆满地结束。这"如果"二字一下改变了好几个人的人生轨迹。

那天，Herman 跟未婚妻在逛街的时候，突然接到了 Thomas 来自澳洲的越洋长途。

Herman 走到了旁边，因为他听出了 Thomas 的语气有些低沉得不似往常。

"Herman，本来，我是不应该做这个坏人的，但我觉得每个人都有知晓事实的权利。"接着，Thomas 将妹妹偷偷给 Jose 发邮件，然后 Jose 忍痛离开他，在将钥匙给自己的时候跟自己喝得酩酊大醉，哭着喊着 Herman 的名字，却始终不愿意让他知道的所有事情全盘说了出来。

Herman 就这么愣在路边，完全没有想到实际情况居然是这样，自己居然还一度怀疑 Jose 是爱上了其他男人。

片刻之后，他有些回过神来，刚想询问 Jose 的近况，就听到电话那边有些哭腔的声音传来："前天晚上，Jose 在那个他所在的非洲小城市喝了很多酒，走出酒吧过马路的时候，没有注意到旁边呼啸而来的汽车，被撞了个正着，当场死亡。遗体已经运回他英国的家里了……"

后面的话 Herman 已经听不到了，他的脑袋里的画面全是 Jose 被车撞飞，像一只折翅的蝴蝶无奈地落地亲吻这个他一定还留恋的世界，然后就是一片白茫茫。

他没有哭，因为他已经感觉不到自己的身体和灵魂了。

后记：

Herman 留下一封信，不辞而别了，留下了妈妈和妹妹，还有未过门的未婚妻。

所有人都在找他，却没有人再见过他，只有 Thomas 知道，他一定是去了 Jose 支教的那个非洲小城市，因为，Jose 的灵魂在那里。

多年后，在一切都感觉烟消云散，所有人都开始过起看似正常的生活时，Thomas 交给了妹妹一封信。

妹妹：

不要怪 Thomas，是我交代他不可以告诉你们一切的。

你现在能看到这封信，说明之前的一切基本已经告一段落了吧。

请你好好地照顾妈妈，还有你未过门的嫂子，我这辈子欠你们的，下辈子一定会还。

你知道的，我并没有宗教信仰，却在经历了这种种不幸之后相信真的有因果循环，接下来的日子里，我会不断地做善事，弥补这辈子所犯下的错，也希望能够在下辈子得到善报，能够再次遇见 Jose。

妹妹，你有过心碎的感觉吗？我有过，但现在已经不会了，因为我的心已经死了。一颗已经死去的心和一个早已失去灵魂的身体，有什么权利再去追求幸福？

以前听三毛的故事，感动之余根本无法体会她失去荷西时的痛苦，甚至有些不理解她最后选择结束自己生命的方式，但现在我可以完全地感同身受，我不是不敢像她一样结束自己的生命，而是无法再当面伤害妈妈一次，不能把她一个人留在这个令人鄙夷的世界上。

妹妹，人生终有遗憾，你要自己学会坚强。

——爱你的哥哥

戒了咖啡，却没戒掉你……

"你爱我吗？"

"胜过我的生命！"

"那为什么要离开？"

"我再不离开，可能就不会再爱你了……"

1.

小希在杭州读的大学，大四那一年机缘巧合下作为模特拍了一组唯美的照片，照片不知道怎么就火了，她也从此走上了模特网红那条路。

与大多数走那条路的女生们不一样的是，她学不会也不屑去学娇滴滴地说话，即使有钱也不愿意去整容，微的也不行，还有就是拍照能露的不能露的反正都不露，爱拍不拍，谁都不惯着。

照理来说，她这种个性和配合度，在那个五光十色的圈子里早该暗淡如黑夜，奇怪的是她那特立独行的小倔强居然还吸引了一大批粉丝，他们爱疯了她那邻家女孩的稚气外表，个个争着要和她生猴子。

小希不是没谈过恋爱，但摩羯座的她本身就反应迟钝，经常是别人都快上门提亲了她还没反应过来原来对方是喜欢自己的，加上内心极度奢求稳定的安全感，她在那圈子的花花草草里安静地踱着步，片叶不沾身。

临近毕业的时候，有天小希收到了她好闺密子静的短信："我家可爱的小小希，来台州给我过生日呗？"

"哦，对了！你都要生日了，但为啥要去台州呀？"小希想着自己的毕业论文以及去台州的路途奔波，回信息问道。

"因为我交了个台州的男朋友，哈哈哈哈！"子静豪迈的声音仿佛透过黑白手机屏传到小希的耳边。

小希无奈地摇摇头，心想这闺密勤换男朋友的习惯还是没有改变，但生日一年就一次，错过了下次她可能就不借着人脉帮自己拉些拍照的活了，还是抽个空去一下吧。

生日当天，子静带着小希来到了台州的一个KTV，她男友倒是长得英俊帅气，表面上看起来也十分爱她，精心布置了一个大包间，

110

要花有花，要酒有酒，唯一美中不足的是帅哥少了点，不过小希也志不在此，心里还记挂着过几天要交的毕业论文，若有所思地紧蹙着眉头，引得周围的男生大呼这真是个冰山美人。

依稀记得有几个男生过来求合照，要电话号码，小希婉拒了要电话号码的请求，拍照倒也不好推脱，心里安慰着自己就当接了个淘宝的活不换衣服拍拍照好了，照片上的她皮笑肉不笑，周围的人笑颜如花。

那个年代还没有微信，拍完照的男生只能使尽浑身解数套到了她的 QQ，都说要传照片给她，小希微笑着说谢谢，依旧皮笑肉不笑。

回到杭州之后，小希开始努力地准备毕业论文，其间抽空添加了几个来自台州的 QQ 验证申请，通过了之后收到了几张子静生日当晚的照片，她在 QQ 上回"真的十分感谢 :)"，顺手就将照片拖进了垃圾箱。

2.

大学四年一晃而过，小希拿着一纸毕业证书，回想了一下这四年的经历，似乎也没有什么值得回忆的，除了交了几个好朋友，慢慢走上模特这条路，居然连男朋友都还没来得及交一个。

传统的家里人秉持着上学时候不许恋爱、毕业之后赶紧结婚的思想，开始照三餐来催男友，恨不得马上收到小希已经怀孕的消息。

小希考虑了几天，拒绝了学校老师让她留校的邀请，拒绝了家里让她回家相亲结婚的意愿，自己和子静在杭州市区租了个房子，平时拍拍照接接活动，闲时健健身看看书，倒也是乐得清闲。

子静毕业之后暂时还找不到方向，不过那个在台州的男朋友依旧处着，一反她常换男朋友的常态，用她自己的话说：远距离多好，老娘想出去玩了就跟他说要早睡晚安宝宝么么哒，谁也管不着谁，这恋爱谈得轻松自在，偶尔在台州或者杭州小聚一下，胜过新婚。

小希对这个闺密可是又爱又恨，爱的是她对自己真的很好，恨的是有的时候她对自己好的方式真的不太能接受，比如说每天都想着给自己介绍男朋友，也不管三教九流，龙蛇马羊，一股脑都挨个轮流见。

最夸张的是有一次，小希大半夜被电话吵醒叫到麦歌KTV，一进房间就看到明显喝多了的子静，她指着房间内的一个男生说："小希，这帅哥可以了吧，要长相有长相，要身材有身材，而且还有钱，你看，开着保时捷呢。要不是自己姐妹我肯定不介绍给你。"

小希一看，是一个长得还过得去的男生，但眉毛修过，似乎还化着点淡妆，有些秀气过了头，娘娘的。

帅哥一句话破了功："呀，这就是子静姐的好姐妹小希啊，有时间一定要去百乐门玩，哥给你叫几个帅哥一起玩，绝对不收你们台费。"

小希冷冷地瞟了他一眼，走过去在桌子上拿起包香烟，抽出一根，接着拿起帅哥放在桌子上的"保时捷钥匙"，咔嚓一声打出了火点燃了香烟，然后一把拉着还在说胡话的子静出门就走。

第二天一早，子静揉着眼睛走出房间，问小希："昨晚发生什么事情了？我喝断片了。"

小希不说话。

子静接着说："你别不说话呀，昨晚喝太多了，我男朋友都跟我急了，但我啥都不记得了。"

小希不说话。

子静继续说："姐姐你陪我去趟台州吧，男朋友真生气了。"

小希不说话。

子静使出"撒手锏"："下次你妈再问我，我就说你有男朋友了，都住在一起就差领证了。"

"嗯，去。"

3.

小小的台州一如既往地无聊，无聊到这对情侣只能用唱歌喝酒的方式表达对彼此的想念。

又在上次那个KTV，居然还是同一个房间，不知道应该说谢谢子静男朋友的用心，还是这本来就是他的长包房，反正在听到经理热情地说"张公子你又来了"之后，小希脑袋里突然出现的是古代青楼的头牌VIP长包房，平常不接待闲杂人等。

房间里的人十分热络地跟小希打着招呼，好几个都说上次见过她，有个还装熟说："你还记得我叫什么吗？"小希一翻白眼："不知道，也不想知道。"全场冷场，只听到子静一个人的声音："六个六，开不开？"

酒过三巡，忽然有个男生走到小希旁边，轻声问道："你好，请问我可以坐你旁边吗？"

小希一抬头，看到一张清秀干净的脸，不知道是喝酒还是害羞的缘故，现在脸上有一些泛红。

坐下之后，两人都没有说话，紧盯屏幕，仿佛都仔细观察着电视上MV里人物的每一个细小动作。

几分钟之后，小希忍不住先开了口："所以你是因为房间太挤没有位置才坐过来的吗？"

男生脸又一红："我有你的 QQ。"

小希翻了今晚的第二个白眼："然后呢？"

"然后其实去年我在看到你们聚会照片之后就找朋友要了你的 QQ，加上了之后，我说你好，你说照片传给我我要出门了，我不知道是什么照片，想了一年还是没有结果，只好现在来问问你了。"

不管这是真实的抑或是套路，反正那一瞬间小希是被逗笑了，自然而然地，两人聊起天来，居然有些一见如故的感觉，最后交换了彼此的电话号码，存名字的时候男生说存他的 QQ 名字"泡沫爱情"吧，小希翻了第三个白眼。

回到酒店之后，子静晕晕乎乎地问她刚才怎么跟小轩聊得那么开心，小希没回应，子静继续说那你一定得加油，小轩他们家可是在台州做房地产的，在当地也是小有名气，但从来没见他对哪个女孩有好感。

手机恰到时机地响了起来，打开一看是小轩的短信："希望你呼吸得惯台州晚上的空气，晚安。"

"我现在只闻得到你们台州假酒散发出来的酒气，晚安。"

4.

　　小希已经忘了上次跟男生时不时地发发短信，就是俗称的小暧昧是什么时候了，但她知道这个每天跟自己发短信嘘寒问暖，说早安晚安的害羞小男生自己并不讨厌，甚至对他还有些其他微妙的情绪。

　　两人有一搭没一搭地聊了小一个月，小希本来就是一个内向不多话的女生，没想到小轩比她话还要少，两人的聊天空洞洞的，没有一点实质性的内容，无聊到写在书上一定会被读者喊退款。

　　这天，小希接了一个线上直播的节目，结果到了现场之后才发现是个 low（低端）到爆的相亲交友节目，看着旁边经纪人献媚式的苦笑，她只能硬着头皮录了，但心里仿佛有一万匹草泥马在奔跑，每一脚都踩在那个经纪人的脸上。

　　现场状况不断，小希黑着脸录了一天半的节目，第二天下午回到家确定通告费到账之后直接将经纪人的电话拉进了黑名单，倒了杯凉茶下火，接着打开了微博。

　　"我大女神沫，你怎么会去那么 low 的节目啊？看到你在我都惊了。"

"一个好好的邻家女孩，为啥会跑去那个节目啊？"

"天啊，女神你快告诉我那不是你，我白白爱了你那么多年。"

…………

黑粉的死粉的留言一条接一条，差评看得小希都有些回不过神来，好不容易看完了所有留言，委屈的泪水也不自禁流了下来。

这个时候电话突然响了，接起来之后，那边就传来小轩焦急的声音："小希我刚看了微博，好多人在说你，你还好吗？"

听到这熟悉声音的那一刹那，小希哭出了声，却是什么话也说不出来，只觉得找到了个可以依靠的地方，可以好好地把委屈的泪水全部都发泄出来。

电话那头也沉默了，小希恍惚间听到"等我去找你"，接着那边就传来嘟嘟的忙音。

几个小时后，小希的情绪稍微有些缓和过来了，但心中一股怨气始终如影随形，当她收到子静的电话要她到杭州的 SOS 酒吧之后，平时很反感夜店的她居然立刻就答应了。

进了酒吧，照着子静发给她的位置，她找到了舞池正前方最大的卡座，桌面上摆满了玫瑰花瓣和满满一桌香槟，小希有些吃惊地看到了位置上的两个人，子静和小轩。

　　小轩看到她之后朝她笑了一下，站起来将她领到位置上，吩咐服务员倒上了三杯香槟，对她说："对不起，是我让子静骗你出来的，别不开心了，干杯。"

　　小希还有些不在状态，却还是有些感动，说了声谢谢便喝完了手中的酒。

　　在场子里震耳的音乐和暧昧的气氛下，小希很快忘记了这两天的不愉快，和桌子旁的几个人开心地玩了起来。

　　酒过三巡，子静对小希说她的任务完成了，必须先回家跟男朋友交差报平安了，让她自己在这儿跟小轩玩着。

　　小希虽然有些微醺，但依旧不接受这个建议，赶忙拿着手包跟着子静走了出来。

　　到了门口之后，小希回想起刚才告别时小轩略带失望的眼神，突然对子静说"你等一下"，接着发短信让小轩快来酒吧门口。

　　小轩一脸疑惑地出了门口，小希走过去，看着他的眼睛说："谢谢你，我叫你出来只是想亲你一下。"说完，她像小鸡啄米般往他的额头快速一吻，接着拉起诧异的子静快速跑到门口上了出租车。

　　到家之后，小希给小轩发了一个短信："希望你呼吸得惯杭州晚上的空气，晚安。"

118

"我现在整个脑袋里都只有你说要亲我时的口气，晚安。"

5.

在接下来的一个月里，两人数次往返各自的城市，感情升温得倒是很快，意外的是小轩始终没有开口表示些什么。

在一个雨夜，两人又煲了两个小时的电话粥，在临近结束的时候小希实在压抑不住自己心里的想法了，于是支吾了半天，最终开口问道："你，要不要和我在一起？"

"啊！"小轩没有想到她居然突然问到这个问题，也学着她支吾了半天，终于开口说道，"我喜欢你呀，但是我们在两个城市，这现实吗？"

"有啥好不现实的，我去你的城市就好啦。"

"那你在杭州的事情不做了？"

"这个世界上还有比找到一个自己喜欢的人并且跟他在一起更重要的事情吗？"

第二天，子静看到小希在收拾屋子，心想着这丫头倒是知道体贴来月经的老娘，居然主动收拾房间了，结果小希一句话吓得她月经都快失调了。"子静呀，我要搬去台州了，去见我想见的人，追求我的爱情与幸福了，你好好加油，房租我多打给你半年，之后的你就自己搞定啦。"

说完她就拎着大包小包出了门，留下了呆若木鸡的子静。

同样呆若木鸡的还有见到小希后的小轩，心里估摸着这姐们也太行动派了吧。

两人倒是迅速进入了恋爱的状态，就像心灵鸡汤里常说的那样，两人上辈子欠下的缘分注定要在这辈子找到一个适合的时间点宣泄出来，爱得翻江倒海。

小轩通过熟人找到了一个台州市中心的高档小区，看到门牌号后两人会心地一笑，这房子就定了下来，"932" = "久相爱"。

小轩将身边的好朋友都介绍给了小希，说来也奇怪，本来是冰山美人的小希居然在台州变成了一个真正的邻家少女，大方得体地与好朋友们寒暄玩耍，丝毫没有局促的感觉。

小轩去自己家公司上班的时候，小希就在网络上自己搞了个小小的淘宝店，同时还接一下拍摄的活，当然太远的她就不去了，毕竟现在是有小小家室的人了，摩羯座内心是渴望稳定和安全感的，会尽量做到不让对方担心。

细心的小希会在每个晚上看好第二天的天气预报，早早将第二天要穿的衣服摆好放在床边，绝对不让小轩冷着热着。

体贴的小轩会早起十分钟下楼买好早餐和咖啡，放在餐桌上，小希起来之后就可以享用丰盛的早餐。

两人都有种相见恨晚的感觉，开心地过着两个人的小日子，努力地经营这来之不易的爱情，感情与日俱增。

6.

记得书上有一句话："没有争吵的爱情是不完整的。"

于是，两人用实际行动验证了一下这句话的真实性。

那天，小希一大早要去外地出差，她起了个大早，收拾好东西之后心血来潮拿着口红在厕所的镜子上写道：宝贝，记得想我哟。然后，她在熟睡的小轩额头上留下了轻轻一吻，提着行李出了门。

经过一天辛苦的工作，小希回到了商家安排的酒店，洗了个澡躺在床上给小轩打电话，第一个没有接，第二个响了半天她才听到小轩有些喘息的声音，小希问道："你在干吗呢？"

"宝贝我在家呢，你在干吗呢？"小轩回答道。

"我刚回到酒店，你确定你在家吗？为什么这么气喘吁吁的？"

"哦，我刚才做了俯卧撑，我真的在家，宝贝，你累就赶紧睡觉吧。I miss you（我想你）。"

挂了电话之后小希始终觉得不太对劲，于是又给子静打了个电话，电话很快被接了起来，那边传来了震耳欲聋的音乐声。"子静，你这是在哪儿呢？"

"小希啊，你等等，我走出来啊。"子静明显是拿着电话在往外走，渐渐音乐声小了一点，忽然她说道，"小轩啊，你快回去吧，世界大战剩你最后一个人呢，我接个电话就回来。"

子静走到了门口，却听到电话里小希冷冷的声音传来："没事了，你们回去世界大战吧。"接着嘟嘟的忙音传来。

第二天一早，小希推掉了工作，坐最早一班动车回台州，在路上越想越生气，恨不得长双翅膀飞回932。

到了家门口，小希拿出钥匙打开了门，扑面而来的是一股刺鼻的酒精味，她皱着眉头打开了卧室的房门，小轩睡得四仰八叉，床铺旁边一个脸盆里有他昨晚喝完吐的东西。

小希把小轩拍醒了，冷冷地告诉他自己在客厅等他。

两分钟后，睡眼惺忪的小轩拿着一个大大的GUCCI袋子来到了客厅，看到小希双手叉在胸前冷冷看着他，他支吾地说："宝贝，这是我昨天给你买的礼物。"

"是吗？我也给你带了礼物。"小希说完一巴掌打在了他的脸上，打完之后两个人都愣住了，小希没想到他不躲不闪，这一巴掌居然打实了，但一想他昨晚欺骗自己的事，她冷哼了一声走回了卧室。

半小时之后，小希的气有些消了，才走回客厅，看到小轩捂着脸坐在沙发上，她有些心疼地走了过去，小轩委屈地抬起了头，说道："宝贝，下次能打轻点吗？好疼。"

小希听到这话气也消了，心也快化了，走过去摸了摸他的脸说："答应我，以后不可以再骗我了，我这辈子最讨厌、最接受不了的就是欺骗。"

"好，我们永远都不要再欺骗对方。"

7.

春节要到了，今年小轩答应跟小希一起回家见下父母，顺便过个年。

小希爸妈一早就收到了女儿的通知，特地准备了一桌丰盛的年夜饭招待这个未来女婿。

电视上放着每年都千篇一律的春节联欢晚会，饭桌上大家吃得喝得不亦乐乎。

丈母娘见女婿，一看一个喜欢，小希的妈妈一个劲地给小轩夹菜，而爸爸就从酒品方面考验着他，一个劲地跟他喝着白酒，一家四口其乐融融。

经过短暂的接触，小希的父母都觉得这个男生聪明沉稳，人品从喝挂了都没吱声的表现来看似乎是不错的。

晚上睡觉的时候，为了避嫌，小轩还是一个人住到了客房，而小希跟妈妈睡在了一起。

妈妈问小希觉得小轩人怎么样，是否能够托付终身，她回忆了一下与小轩长久以来的相处，以及他家人对自己的关爱有加，害羞地点了点头。

第二天一早，妈妈将一杯温热的蜂蜜水递给了刚刚睡醒还有些头疼的小轩，看着有些受宠若惊的孩子，她笑了笑，示意他不要紧张，坐在他身边开口道："我和小希她爸爸都觉得你是个不错的孩子，最重要的是小希也很喜欢你，阿姨是过来人，能看得出来你们彼此深爱，要不你跟爸妈回去说说，差不多我们就把这事情定下来了？"

听到这话，小轩感觉整个人都被幸福的闪电打中了，却也有些不敢相信，难道这就是传说中的闪婚？这也太闪了吧，才认识她爸妈一晚上而已。

小轩赶紧起身对阿姨道了谢，然后赶忙刷牙漱口打电话给爸妈。

小希在台州的时候一直很受小轩爸妈的喜欢，一听到儿子这个消息，两人开心地开着车来到了小希家。

两家人相见之后相谈甚欢，在一场开心的酒局加饭局之后就算是把这婚事给定了下来，小希害羞地偷看饭桌上的小轩，四目相对，眼睛里都是甜蜜与快乐。

两家人商议之后决定小轩家先在台州买一套房子作为婚房，再由小希家出钱买一部车子，作为两人在台州的代步工具。

一切看起来都那么完美，幸福的情绪蔓延在两家人之间。

8.

回到台州之后，两人很快找到了一套全新精装修的房子，也从幸福了两年的 932 搬了出来。

这本来应该是一个幸福的开始，料想不到的是也不知道是这房子的风水问题，还是那句"婚姻是爱情的坟墓"应了验，总之住进这套为结婚准备的新房子后，两人就问题不断。

先是两人开始了莫名其妙的争吵，上到婚礼聘金问题，下到今天的方便面没煮熟，都能吵得不可开交；再来就是小轩家突然间被人卷走了大半的现金，现金流突然断裂，导致公司因为无法支付高额利息而突然倒闭，但小轩的爸爸作为法人还要承担所有的经济费用。

爱情的小船说翻就翻，企业的巨轮说沉就沉。

事情一件接着一件，让小轩的心情更不好了，他开始有些忽略小希的感受，每天跟着一群狐朋狗友出去喝酒鬼混，不喝醉肯定是不会回家的。

小希着急，也心疼这种状态下的小轩，但又怕说太多会伤害到他的自尊心，于是只能自己默默地找回之前接活动的经纪人，希望可以自己多赚些钱，贴补一下家里日益不好的经济状况。

小轩却没体会到她的用心良苦，甚至还怀疑小希外面有了人才会三天两头地跑外地接活动。

有个晚上，小希提着沉重的行李箱刚从外地回来，走到门口时听到背后有熟悉的声音，回头就看见小轩和几个朋友走向楼里，明显喝多了的他怀里还搂着一个女生。

小希绷了几个月的那根弦突然就断了，她发疯一样地冲上去，手脚并用地扑打着小轩，混乱中还一口咬在了他的胳膊上。

旁边的人拉都拉不开，小轩甩了半天也没把她给甩开，他吃痛，情急之下一脚踢在了小希的身上，她那瘦弱的身体就应声飞了出去，结结实实地摔到了坚硬的水泥地上。

几个人赶紧过去扶起小希，谁知道她坐起来的第一句话就是："我怎么会在这里？"

生活不是电影，摔一跤就出现失忆情节的可能性极低，但她确实是被那一脚踢出了短暂性的断片。在休息了一会儿缓过来之后，小希想起了事情的缘由，站起来提着还未拿进家门的箱子，径直走出了小区，连看都没有再看小轩一眼。出了小区门之后，她坐在路边拿出手机发了一条分手短信，然后哭成狗。

小希回到了自己家，关起门哭了两天，爸爸妈妈怎么都劝不住，只能陪着叹息流泪。

9.

小轩一直没有给小希打电话，似乎已经默认了分手这个事实，小希也开始疯狂地接工作，让自己忙起来，毕竟生活还要过。

小半个月之后，小希突然接到了一个匿名电话，接起来之后却发现是小轩打来的，他在电话里带着哭腔说妈妈在家里出了一些事情，希望她能马上回去一趟。

挂了电话之后，小希思考了半晌，想起之前自己在台州生病时阿姨对她无微不至的照顾，心一软连夜起程赶往台州。

小轩的一个女生朋友在小区门口接的她，不由分说地把她带到了那个去过若干次的长包房。

进门之后，小希发现所有她在台州叫得出名字的朋友都在这儿了，桌上摆满了香槟鲜花，最显眼的是穿着白色西服坐在房间中央的小轩，还有他面前的 999 朵娇艳欲滴的红色玫瑰。尽管看这阵仗就知道这货是诚心诚意来道歉的了，小希还是臭着个脸，心想老娘可不是那么好哄的。

小轩看她来了，赶忙跑到她身边，一打响指，灯光昏暗了下来，点燃的蜡烛拼成一个大大的"Sorry"；沙发边的五个人站了起来，白色的文化衫上五个字母组成了"Sorry"；电视上开始放映 Super Junior 的 *Sorry, Sorry*，旁边居然还有三个人在伴舞；最后是小轩单膝跪地，看着小希的眼睛温柔地说："Sorry,but I love you. （对不起，我爱你。）"

小希装了半天的臭脸终于被逗笑了，想想这精心的准备肯定耗费了他很多的脑细胞，又有些心疼起来，她伸出右手轻轻摸了摸小轩的头发，像是妈妈刚打过犯过错的孩子却又心疼地说："乖，以后我们好好的，不要再任性吵架了。I love you,too.（我也爱你。）"

"耶，我们家老婆原谅我啦，哈哈！"小轩像个开心的孩子大声笑着，引起周围的人一阵唏嘘，这孩子的心情变化得可真快，刚才可是忐忑不安了大半个晚上。

大家开始喝酒、唱歌、聊天，尽情地享受起属于年轻人的快乐，特别是在知道他俩已经订婚之后，恭喜之声源源不绝。

很快地，大家都醉了，不过谁在乎呢，人生得意须尽欢。

10.

接下来的两个月里，这订婚的小两口仿佛找回了热恋时期的状态，天天如胶似漆，羡煞旁人。

按照剧本的发展，这俩就该苦尽甘来，携手共享人间繁华了，但是，为了验证"人生不如意十之八九"，老天又有了新的安排。

那天，下班时间过了两个小时，小轩却还没有回到家，小希给他打电话却怎么都打不通，过了一会儿她接到了准婆婆的来电，说小轩被带进派出所了。

两个女人心急火燎地赶到当地派出所，在询问过后才知道原来是涉及家里公司的账务问题，虽然公司倒闭了，但有些证据显示有假账目的存在，而小轩，正是原来公司里负责会计事项的人。

在了解到事情的严重性后，两家人开始努力活动起来，最后的结果是在看守所里待了整整一个月，但结果是，本来经济情况就很不好的小轩家里现在更不好了。

从看守所出来之后，小轩仿佛又回到了两个月前颓废的状态，变本加厉的是，他连长包房都不去了，而是换为去各个夜总会，带着看守所里认识的人，和妈妈那张随时可能被刷爆的信用卡。

小希不知道因为这个事情在家偷偷哭了多少次，但她不敢再去说小轩什么，怕伤害到他本来就已经岌岌可危的自尊与自信，几乎每个晚上都好好地照顾着满身都是烟味、酒味、香水味的小轩。

小希的爸妈很关心她在台州的感情状况，毕竟出了那么大的事情，而她总是笑着给爸妈打电话，报喜不报忧，挂掉电话后再委屈地自己默默流眼泪。

恰巧这个时候经纪人帮她接了一部在北京拍的微电影，虽然不是女一号，但角色和报酬都挺好的，于是小希便接下了，一方面可以贴补一些家用，另外一方面也可以离开台州给两人一些思考的空间。

这一去，就是一个月。在这期间，两人少了像往常那样的沟通，小希拍戏最忙的时候二十几个小时没合眼，却得不到小轩任何的体贴问候，委屈的时候得不到男友该有的安慰，爱情，似乎又变成了大学时期她认为的可有可无的东西。

终于，电影还是杀了青。

11.

虽然两人感情已经出现了问题，小希还是在内心期待小轩至少能开车来车站接自己，现实却又打了她一个大巴掌，忙碌的车站里有好多对重逢相拥的情侣，唯独多了自己孤单的身影。

回到家打开门，小希看着眼前熟悉却有些陌生的一切，苦笑了一声脱了鞋，却发现鞋柜上有一个从来没见过的手机。

好奇心使她拿起了手机，按亮屏幕之后发现开机需要密码，小希试了试自己的生日，居然一下就打开了，还没来得及享受甜蜜的情绪，一个署名小彤的短信就映入眼帘："谢谢你的花，你为什么对我那么好呀？"

小希当场愣在了原地，脑袋里一片空白。这时小轩甩着刚洗完的头发从浴室走了出来，一看到她拿着手机，脸色都变了，走过来就要抢手机。

小希死死地把手机攥在手里放在身后，全然不顾手臂被小轩扯得生疼，在被推了一个小跟跄之后，她随手抓起放在茶几上的一个空红酒瓶，用力将酒瓶在大理石茶几上磕碎，拿着剩下大半截的玻璃挥舞起来，在短暂逼退了小轩之后，她迅速跑回房间，锁上了门。

"你喝多了，我问你朋友住哪儿，你朋友说不知道，我只能把你带回我家了。"

"他们说你有女朋友的，但你说没有，我就一定相信你，嘻嘻，谁叫我喜欢你呢。"

"宝贝，我起来去上班了，你酒醒之后记得喝我给你泡好的蜂蜜水，么么哒。"

…………

一条条暧昧短信，就这样赤裸裸地展现在小希眼前，她的眼泪无声地滴到屏幕上，泪水积多了，又缓缓地滴向地面，静悄悄的房间里只有心碎的声音。

后记：

两年之后，小希在手机上打下了一条短信：

亲爱的，我们分开整整两年时间了，这两年你每次喝多了都会疯狂地打电话、发短信给我，而我，始终没有给你回过一个电话、一条短信。不是我不爱你，恰恰相反，是对你的爱太深了，深到我不敢面对你甚至听到任何有关于你的消息。

你每次来找我的时候其实我都在，我不让妈妈告诉你，但我每次都站在窗户后面流着眼泪偷偷看着你。

家里鞋柜里所有运动鞋都被妈妈收起来了，因为有一次我穿鞋子的时候想起你蹲在马路上给我系鞋带的日子，我的眼泪就不由自主地流了下来，止也止不住。

夏天热的时候，冬天冷的时候，我都好担心你会热着冷着，因为没有人再帮你准备当天的衣服了。

对了，我还把咖啡戒了，怕想起你每天早上给我准备的香醇拿铁，当然，戒了咖啡还是没有戒掉你。

我朋友都劝我早点睡觉，不要再有眼袋了，但她们不知道，从离开你的那天起，我就再也没有早睡过了。

夜晚是人思绪最多的时候，而我的思绪里，全是你。

　　想你的时候，我会在关了灯的房间里看着窗外的星星，想着我们在一起时的点点滴滴，想着想着就笑了，笑着笑着就哭了，哭着哭着就睡着了。

　　第二天醒来的第一件事情，就是继续想你。

　　亲爱的，现在我要放下你去寻找我的幸福了，你也一定要振作起来，好好面对自己的人生。

　　再见了，我的爱。

　　Sorry, but I love you.

　　按下了发送键，小希拿出了放在手机里的电话卡，将手机锁进了抽屉里，锁起了他俩在一起时所有的短信照片，还有他们在一起时所有甜蜜的回忆。

　　将回忆安放妥当之后，小希向着窗外的天空默默说了声"Bye"，走出门，上了一辆休旅车，温柔地握住了在车上一直等待她的那只手。

你成了我的爱，也成了我的毒……

小慈 17 岁的时候只身从山东来到了北京，开始了传说中的北漂生涯。

不同于现下流行的开眼角、垫下巴的网红脸，小慈属于传统型的古典气质美女，是那种静能抚琴泡茶，动能闻乐起舞，于内小家碧玉，在外大家闺秀的全能系美女。

由于深知自己的样貌优势与性格属性，她选择了与艺术相关的课程，刚到北京时就找到了一个小有名气的艺术培训班，希望通过短期的高强度学习在第二年的艺考中考上自己梦寐以求的中央戏剧学院。

初到这个名声在外的艺术学院，她觉得此处虽然没有想象中流星花园那种贵族学校的磅礴大气，却也是五脏俱全，该有的专业课堂、专项教室、练声房、形体房等一应俱全。对师资虽还没有深刻的体会，小慈却已经在校园里、在走廊上奔走的莘莘学子身上感觉到了朝气蓬勃的气息，这让她不禁有些期待起自己在北京的第一堂课。

来到了指定的教室，小慈深吸了一口气，随后敲了敲门，虚掩的门吱呀一下就开了，她往里瞧了一眼，愣住了，同时愣住的还有里面的同学与老师，小慈是愣在这教室里人咋这么少，里面的人愣在哎哟这姑娘生得真俊啊。

"呃，这位同学，我是给你们上表演课的杜老师，请你自我介绍一下。"讲台上的老师打破了这一愣的尴尬。

"哦，嗯，哎呀，大家叫我小慈就好，我来自山东，刚到北京，由于家庭原因错过了头一周的学习，老师对不起。"小慈的慌乱应对彰显了她的年轻与涉世未深。

"好的，小慈同学，你找个位置坐下来，我们继续上课。"

可以容纳100多人的阶梯教室稀稀拉拉坐了不到20个人，小慈在一个女生身边坐了下来，刚才进门的时候匆匆一瞥，这个女生眼里似乎没有什么敌意。

"你好，我是小慈，可以坐在这里吗？"

"坐吧，让我享受一下作为焦点身边那个人的感觉，说不定还有人视线走位不准能够降临在我身上，想想就觉得会被荣光加持。哦，by the way，我叫小双。"

小慈脸色一红，才注意到确实有许多道教室内男生的视线都朝着自己这个方向，这让从来没有谈过恋爱的她觉得有些错愕与害羞。

第一天就这么安然度过了。

第二天一早，小慈从宿舍走了出来，心里想着昨晚星爷电影里的表演细节，转眼又来到了阶梯教室门口，她一推门，又是一愣，昨天近乎空荡荡的教室竟然几乎坐满了人，那感觉就像是中超球队昨天踢的是中国球队，今天换成了踢曼联，上座率骤升。

跟昨天一样，小慈又享受了一遍目光浴，还可以感觉到众多男生见到她进来之后的交头接耳。

小双在一个角落里冲着她挥了挥手，她赶忙拿着书低着头走了过去。坐下之后，小双才刚来得及告诉她这是她入学的消息被人传出去了，教室里又突然炸开了锅。

只见门口进来了一个男生，身高挺高，发型挺帅，最重要的是居然穿着衬衫、西裤、皮鞋，打着黑色小领结，一副要去赴皇家盛宴的感觉。

那个男生左顾右盼了一下，居然径直向小慈这边走了过来，走到位置旁边之后，他看了看小慈，又看了看小双，继而对挨着她俩的男生说："哥们，让一下，阿奇他日必有重谢。"

旁边男生笑嘻嘻地道："没问题，奇哥是说话算话的人。来，您坐。"

坐下之后，男生对教室里等着看热闹的人群喊了一句："都别凑热闹了，该干啥干啥去。"然后转过头，对着小慈伸出了右手，道："你好，我叫阿奇，听说班上来了一个绝世大美女，于是我便去外面的西服店租了这套行头，看到你之后我便不再心疼这昂贵的租用费用了。从今天开始，我会一直坐在你的身边，直到毕业。"

单纯幼稚的小慈哪见过这种阵仗，脸红到了耳根，害羞却又觉得不礼貌，于是也缓缓伸出了自己的右手，两手一握即分，却可以感觉到彼此的手，很暖，很软。

于是，从那天开始，但凡上课，阿奇一定会早早来到教室占着三个位置，连带着小双的位置也一并占了，也算是贴心。

小慈从小双那里了解到，阿奇是他们学校的校草，身为双鱼座的他情商很高，又为人仗义，所以在学校里人缘很好，是学校里的单身贵族，从来没有跟谁传过什么绯闻，由于长得俊美，甚至有人怀疑过他的性取向。

小慈没太多其他的感觉，只是觉得这个男生长得面善，不会让人讨厌，言行举止也很得体，唯一让她不舒服的是只要一上课阿奇就枕着自己的手在旁边呆呆地看着她，有时候还会发出类似"人间怎会有如此美丽的女子"或者"得妻如此，夫复何求"这样的莫名语句。时间长了之后，小慈倒也习惯了，心里也有了一些不太一样的情绪，说不清道不明想不通。

小慈没有经历过爱情，对感情方面的所有认知都是从电视剧上看来的，她不知道什么是动情，或者说什么是喜欢，直到有一天，阿奇因为感冒的关系没有到教室帮她们占位置。看到空荡荡的教室内没有阿奇的影子时，小慈心里突然有了一种失落感，似懂非懂的她才发现自己已经在心里有些依赖这个男生了。

他们所在的艺术补习学校在北京范围内还算是小有名气的，据说校长和北京电影学院的教导主任还有一腿，哦不对，校长说那叫革命情谊。所以有的时候校方会通过关系接到一些电影电视剧的选角，也算是对得起交了昂贵费用的同学们，给了他们理论转化为实际表演的机会。

那天下课，阿奇说要请俩女生吃饭，小双不从，阿奇说门口那家好吃的饭店今天打折，机不可失，小双想了想可口的招牌菜，勉强答应了，末了拉着一头雾水的小慈，三人一起出了校门。

来到饭店，人满为患，阿奇要了一间包间，坐下之后服务员依照惯例说出了低消的要求，阿奇一皱眉头，看了一眼小慈，壮烈地一挥手，上菜。

一桌看着就可口的饭菜不一会儿就上了桌，阿奇还顺带点了两瓶二锅头，倒也不是他酒量好，只是因为小二便宜，且醉得快，看来意图不纯。

他满上两杯酒，递给小双和小慈，小双很爽快地接了过去，而小慈则露出了为难的神情，怯生生地小声说自己不喝酒。

两人劝了半天，小慈就是坚持不喝，她这种从小到大都很听话的乖孩子，思想还停留在接吻会怀孕、喝酒是犯罪的阶段，总觉得这杯酒喝下去就对不起辛辛苦苦养大她的爸妈。

小双一看这情况，豪爽地将那杯酒接了过去，道："这杯子太小了，来来来，来个一两杯，喝酒要爽快，别扭扭捏捏的跟个娘们一样。"

阿奇苦兮兮地看了看小慈，硬着头皮叫了两个一两杯，一卷袖子，为了搞定小慈的闺密，拼了。

两人在几杯酒下肚之后便开始了勾肩搭背，一瓶下去之后变成了好哥们，两瓶全喝完之后就变成了但愿同月同日醉的欢喜冤家，动作一致地倒在了桌子上。

　　小慈一看两人都没动静了，一时之间也不知道该怎么办，坐在那边看看小双，看看阿奇，等着他们酒醒。无意间看到阿奇眼睛上挂着的长睫毛，还有那很有男人味的侧脸轮廓，忽然之间有了一种心动的感觉，只觉得要以后都能这么近地看着他，其实也挺好。

　　突然阿奇一个翻身，差点摔到地上，把自己吓醒之后一看小慈在旁边看着他，傻乎乎地说道："小慈，我要去外地拍戏了，估计得要小两个月呢，一想到见不到你我这心里就特难受，所以特地找你们吃顿饭，呃，小双呢，继续喝啊。"扑通一声，带着他大舌头的尾音，阿奇又一头栽倒在桌上。

　　小慈有点哭笑不得，却在心里有股暖暖的感觉。

　　最后，小慈打电话叫来了阿奇宿舍的哥们、自己宿舍的姐们，几人齐心把两个醉虾抬回学校。

　　埋单的时候小慈钱不够，跟在场的人借了点才补上，看着高额账单，问了问饭店今天打折的事情，服务员轻蔑一笑："就我们生意好成这样还能打折，老板知道了非得把我们打成骨折。"

　　第二天，阿奇走了，让同宿舍的人给小慈留了句话："自己人就不矫情饭钱的事了，但此大恩我阿奇记在心里，以后的日子里，每一顿都得我埋单。"

这话说得霸气到震天动地，小慈听了也挺感动的，不过一想这一顿饭吃掉自己大半个月的生活费，也只能暗自垂泪了。

两周之后的一天，大腹便便的校长慢悠悠地走进教室，打断了导师的专业课，施施然道："在上海有个剧组因为改剧本的原因需要增加若干女演员，有女三号和一些丫鬟的空缺，你们班有人想去的明天上午来大礼堂面试，对了，是古装戏，都别给我穿得太花枝招展，免得丢学校的脸。"

这下班级里炸开了锅，要知道能够在一部古装戏里演到女三号，那对她们这种还在艺校的学生来说可是一个天大的诱惑，说不定就是飞上枝头一朝成凤的机会。

大部分女生都开始想着明天要用什么"撒手锏"面对导演的面试了，只有小慈还在盘算着怎么熬过已经花完生活费的小半个月。

"小慈，你明天穿什么啊？"女汉子小双发话了。

"啊，我，我不去了吧，我都才刚开始学习表演。"小慈听得一愣，接上了话。

"那可不行，我要演了女三号怎么也得把你这闺密带着演丫鬟啊，要导演不答应就别怪我潜规则他了，哼哼。"小双似乎已经在开始脑补画面，露出了一丝冷笑。

小慈无语，心里却在嘀咕着自己不要去，要不阿奇拍戏回来该找不着自己了。

第二天一早，小慈还是被早已打扮得花枝招展的小双拉了起来，迷糊间问她："校长不是说古装不能打扮得花枝招展吗？"

小双神秘地一笑，说道："你懂啥，他说的花枝招展是面试演员，我的花枝招展是潜规则导演，完全两码事。"

小慈似懂非懂地点了点头，起来刷了个牙洗了个脸，随便套了件白色衬衫就跟小双出了门。

来到学校的大礼堂，里面早已人满为患。

小双拿出了当时拼酒的豪迈，一路喊着"借过一下啊，我赶投胎"，一路拉着还在打着哈欠昏昏欲睡的小慈往里狂挤。踩五脚，推六人之后，两人终于挤到了主席台前。

一张长桌后坐着三个中年男人，居中的那个有些谢顶，正皱着眉头看着手上的资料。

小双一看，心里嘀咕着这秃顶的要潜规则也太便宜他了，嘴上却没浪费一分一秒，她的声音回荡在整个礼堂里："导演，我面试女三号，我闺密当我的丫鬟，什么时候出发？我懂得规矩，你只要告诉我房间号就行。"

众人哄笑，居中的导演诧异地一抬头，看到了带着一副舍我其谁表情的小双，心中一惊，再将视线转移到了旁边的小慈身上，忽然之间仿佛发现了宝贝，喜笑颜开，不由分说地站起向她们走来。

"你好，这位同学，我姓张，是这部戏的导演，请问你叫什么？我们要找的就是古代官中的小公主，而你不施粉黛的样子就完全是我心中理想的公主啊。"秃顶导演微笑着询问小双身边的小慈。

小慈和小双同时愣住了，心中都是一个大写的问号："这剧情不应该这么发展的呀！"

如果剧情都能像大家想象中的发展，那么这个世界上就不会有那么多眼泪与不甘了。当然，剧情也没有偏差太多，在导演哭笑不得地央求她不要再想着潜规则之后，小双也如愿进了剧组，演丫鬟。

在众人的好说歹说和导演的威逼利诱之下，小慈终于跟导演达成协议，必须在两个月内拍完所有她的戏，理由她没有说，当然明眼人也不用问，因为她留了封信给阿奇：

奇哥，我去上海拍戏了，两个月内一定回来，你要回来了就在北京等等我。——小慈六月初的上海虽然还没有热到令人崩溃，但每天也都是接近 30 度的高温了。

谢顶导演让人将小慈和小双的行李放回了房间，就第一时间带她俩去片场，心里想着早些让她们接触到真正的片场并且熟悉起来，那样之后要拍起来不费劲。

小慈早已经换上了短袖和裙子，一双大长腿在裙子下露出半截，引得片场的工作人员一起行注目礼，她所到之处众人都感觉像是一道微风轻轻吹过，轻抚着自己的肌肤，接着清凉到心里。

小慈低着头，不想引起众人的注意，但她那不施粉黛的邻家女孩模样，反而引来了更多的目光。

忽然之间，她撞上了一件金属物体，虽然速度不快冲击力不大，却还是让她疼得直咧嘴。

"对不起，对不起，我没有看路。"小慈抬头看着穿着古装盔甲的男人说道。

"啊，小慈。"

小慈好奇地仔细看了看，居然看到了一张朝思暮想的帅气脸庞："啊呀，奇哥，你怎么在这里？"

无巧不成书，阿奇进的也是这个古装戏剧组，演的是若干穿着不同盔甲的士兵，俗称跑龙套的。

　　缘分，竟是如此简单，或许说，只有这种看似简单的相遇，才是有缘分的先决条件。

　　接下来的时间里，小慈积极地学习怎么演戏，小双积极地想着怎么才能被潜，阿奇在用自己的经验教两个丫头演戏，有时间时还会带着这俩闺密在上海这个国际大都市里逛街玩耍。

　　阿奇的龙套戏多，基本上每天都得打两场仗，死上几次，所以他的戏每天都是从早拍到晚。

　　那两个丫头的戏主要是宫廷里的"宫心计"，基本都在晚上拍，于是她们白天总是能睡到自然醒。

　　于是，阿奇主动承担起了中午送餐员的任务。由于片场离宿舍还有一段距离，而中午休息的时间就一个小时不到，所以阿奇每天都披着厚重的盔甲，小跑着去给两个姑娘送午饭，来回要花费将近一个小时，有的时候连自己都顾不上吃饭。

　　有一天，三人都在片场，正好轮到小慈有场被陷害而放声大哭的戏，而没有哭戏经验的小慈怎么都哭不出来。

　　现场的人急得像热锅上的蚂蚁，导演也铁青着脸都快发飙了，但单纯且没有经历过什么人生挫折的小慈就是挤不出一滴眼泪。

紧要关头，阿奇灵机一动，偷偷咬着小慈的耳朵说："小慈，你就在心里想，我死了，天人永隔，你以后再也见不到我了，试试看。"

小慈酝酿了一下情绪，脑袋里回旋着再也无法相见的画面，居然真的情不自禁地流下泪来，直到拍完这场戏还是止不住眼泪，让众人哭笑不得。

阿奇心疼地给她擦着眼泪，温柔地说："傻孩子，怪我，以后我再也不会让你哭了。"

这句话说完，小慈哭得更伤心了。

阿奇对自己的好小慈是知道的，内心也是十分地感动，但却没有办法当着小双的面表达出来，很多时候想多说两句话都会被小双的大嗓门给噎回去。

三人行，必有异类。小双却十分享受做个小小电灯泡的乐趣，也许是她那大条的神经根本就没有想到两人间微妙的关系。

皇天不负有心人，终于有一天小双因为加戏没法继续做电灯泡了，阿奇和小慈也终于有机会开始了两人第一次正式的约会。

两人走上了通往市区的公共汽车，出乎意料，平常根本没啥人的公交车今天因为赶上学校假期人满为患，看来，老天也看不下去这种欲言又止的关系了。

车厢人挤，两人靠得很近。两人的目光在空中一触即分，小慈红着脸低下了头，阿奇也是心弦一动，有些情不自已。

编排好的剧本如约而至，公交车一个急刹车，阿奇仓皇地将小慈拉得靠近自己，小慈也慌张地抱住了眼前能倚赖的物体，于是，两人在这密闭空间下献出了彼此的第一个拥抱，接着，阿奇鼓起勇气，偷偷在下面牵起了小慈的手，小慈一惊，却没有拒绝。

小慈低着头，感受着手心传来的温暖，芳心暗许，享受着这迷醉的一刻。

两人手牵着手下了车，存在了几个月的窗户纸，终于被这懂事的公交车给捅破了。

一天的疯狂玩耍之后，两人回到剧组的宿舍，小双好奇地问小慈今天干吗去了，小慈脸微微一红，没有回答，直接跳上了床铺。

那一夜，月亮很圆，夜色很美，两人异床，却有着同样的美梦。

匆匆忙忙拍了小半个月，在上海的取景也就全部结束了，剧组要休息三天，继而转战横店。

趁着这三天，刚刚坠入爱河的小情侣匆匆回了趟北京，处理一些学校的事情，而之后，阿奇因为没有更多的戏了，会留在北京的学校里。

三天时间一晃就过了，两人都还没好好地享受二人世界，火车的轰鸣声已经要将他们分开。

车站里，两人依依不舍地拥抱着，阿奇轻轻咬着小慈的耳朵，说着甜言蜜语，道着恋恋不舍。

小慈紧紧抱着男友，想着这一别就是一个多月，刚刚才尝到爱情甜蜜滋味的她渐渐红了眼眶，低声倾诉着希望能在他身边多待一秒钟。

急促的哨响分开了这对依依不舍的情侣，小慈红着眼睛上了火车，忍住不回头，直到火车开动，她的眼泪才决了堤般流了下来。

"傻孩子，眼睛哭肿了还怎么拍戏啊。"

"啊！"小慈一回头，看到阿奇站在自己的身后。

"小笨蛋，我也舍不得你，早就买好了跟你一起的车票，把你送到地方我再回来。"

调皮的双鱼座，总是那么浪漫，那么爱给人惊喜。

一路甜蜜，下了车之后，换成小慈送阿奇上车，这神反转倒也冲淡了许多离别的情绪。

分隔两地的日子是难熬的，特别对于他们这种刚刚坠入爱河的情侣。

细心的阿奇在火车站告别时给了小慈一部诺基亚手机，里面早已经充好了钱，两人就通过手机，白天短信，晚上煲电话粥，倾离别之苦，诉想念之痛。

时间倒也过得飞快，转眼就到了杀青之日，阿奇又来了个surprise（惊喜），在晚宴上出现，两人重逢的喜悦也冲淡了一些即将与剧组分别的悲伤。

第二天一早，两人坐火车一起回到了北京，正式开始了热恋的时光。

还有几个月就要艺考了，两人一商量，从学校的宿舍里搬了出来，在学校旁边租了个十几平方米的小房间。

阿奇说这样复习起来方便，小慈笑而不语。

小慈从小就是个乖乖女，很小的时候就缠着妈妈学会了女红，还学会了妈妈的好手艺，做得一手好菜。

阿奇这下幸福了，每天都吃到小慈精心准备的饭菜，虽然没有每顿大鱼大肉，家常小菜却有着家的温暖。

两人吃完饭后就学着大人的样子出门散步，入秋的傍晚很美，红色的霞光在两人幸福的脸上开出了花来。

那个时候的温度已经不算太高，但没有空调的小房间里依旧闷热。晚上两人一起复习时，常常都是满头大汗，这个时候阿奇总是会停下手上的功课，拿起扇子，在旁边给小慈扇着。小慈晚上一热就睡不着，阿奇就会让她枕在自己的手上，慢慢地轻轻地给她扇着风，直到她睡着，直到自己手臂发麻，他都舍不得将手抽出来，看着自己怀里心爱的女孩，他想着怎么苦怎么累都是值得的。

两人填志愿的时候，阿奇选择了自己喜欢的中戏，问小慈，她想也不想地填了中戏。

你在哪里，家就在哪里。

天不遂人愿，阿奇意外地落榜了，而小慈却稀里糊涂地被录取了。

两人在小出租房里相对无言，半晌，阿奇艰难地说："小慈你搬去中戏宿舍吧，我再复读一年，不成功便成仁。"

小慈听话地一点头，将阿奇的手紧紧地握着，仿佛害怕一分开就再也牵不到了。

这个世界很复杂，但永远不缺少真实与美好，即使现实再残酷，还是要有对梦想的憧憬和坚持。

无论这个世界对你怎样，都请你一定保持好自己的善良和勇敢，对未来充满希望。每一个强大的人都会经历黑暗，度过一段没人帮忙、没人嘘寒问暖的日子。

进入了许多人梦寐以求的中戏，小慈却一点也开心不起来，总觉得阿奇不在身边，生命就不完整了。

中戏的课程很紧，宿舍管得也严，小慈只能在周末的时候坐好久的车匆匆见上阿奇一面，然后再坐好久的车回到学校。

阿奇还是一如既往地对她很好，但那种不在身边的好时常让她感觉不到，她想要的，是在身边，执子之手的爱情。

虽然在同一个城市，但两人就像隔了一道海洋，有心无力的感觉让这对小情侣心生疲惫，他们却还是坚持每天的短信和电话，因为爱情。

真正的爱情是不怕时间和距离的，他俩总是这样安慰自己：只要再坚持一会儿，阿奇能考来中戏了，两人马上又会好好地在一起了。

苦苦熬过了一年，美丽专一的小慈拒绝了无数追求者，阿奇也确实认真努力地拼专业、猛读书，上天却再次跟他们开了一个大大的玩笑，阿奇考上了，但考上的是北影，不是中戏。

公布榜单的那个晚上，阿奇并没有联系小慈，而是拉着小双来到了校外的死不打折饭店，还是拿着一两杯，酩酊大醉。

阿奇哭着对小双说自己有多爱小慈，多怀念之前两人在一起的时光，但现实总是弄人，他现在渐渐地感觉不到小慈，感觉她正在自己的生命中消失。

借着酒意，阿奇拨通了小慈的电话，电话接通了，听到小慈温柔的声音，他有些崩溃了，哭喊着说着醉话，说着想念，诉着爱情。

小慈慌了，却敏感地感觉到了事情有些不对劲，心中惴惴不安，东拼西凑知道了阿奇的大概意思，也急得哭了起来："奇哥，我没有消失啊，我一直在爱着你，维护着我们的爱情，虽然因为你的自尊与压力，我有些小心翼翼，但我一直都是心甘情愿的呀，我们不是说好了，去哪里都要在一起，永远永远不会分开的吗？"

阿奇听到小慈的哭声，心疼不已地说道："小慈，我说了不让你哭，却还是食言了，我配不上你，我不想去阻止你追求你的幸福，这应该是我最后爱你的方式，是我对这段爱情最大的成全。"

用力说完这些话，阿奇已经没有太多的力量抓住手中的电话，小双借着醉意把电话抢了过来，对着电话里说："小慈，你俩都冷静一下吧，这样下去只会让大家更累。"

小慈错愕地听着电话那头传来的忙音声，身体里的力量仿佛在一瞬间被抽空，她跌坐在冰冷的地上，泣不成声。

失恋过的人都知道，在经历过最初的痛彻心扉后，什么都会被时间慢慢地治愈。

而这个时候，如果身边出现一个人，那你可能会很快地进入下一段恋情，以恋代恋，也许就没有那么难过了。

小慈在身边众多的追求者里选择了一个各方面条件看起来都不错的男生开始了一段新的恋情，但只有她自己知道，她跟他在一起只是因为他身上有跟阿奇相似的地方。

男朋友对小慈很好，但小慈总是提不起太多谈恋爱的兴趣，被问到时总是支支吾吾地说因为学习太忙，心里却明白是对阿奇的想念在作祟，她对现男友有些愧疚，但始终骗不了自己的心。

这个社会有太多的套路，但始终，自己是不会套路自己的心的，所以，跟着自己的心走吧。

道理小慈都明白，却还是鼓不起勇气去找阿奇，只有在夜深人静的时候，偷偷想着他流眼泪。

自从离开阿奇后，小慈就不让男朋友抱着她睡觉，因为那个专属动作是阿奇的，谁也不能破坏。

这天晚上，小慈从梦中惊醒，发现自己离男朋友一米远，背靠着他，自个儿蜷缩在角落里。

窗外的树叶在微风中摇曳着，影子映在天花板上，小慈不禁看得痴了，突如其来的寂寞空虚充斥在每一个细胞内，她轻声起了床，走到门口，拨出了那个永远不会忘记的号码。

"您拨打的电话已关机，请稍后再拨。"听筒里传出了机械的声音，小慈默默地挂了电话，任泪水在脸上肆虐着。

恋爱的时候，这个城市很小，从南到北都有你在身边，去哪里都不觉得远；分开之后，这个城市好大，大到刻意寻找都无法寻觅到你一丝气息。

三年之后，小慈顺利地从中戏毕业了，在学校的推荐下参加了当时红极一时的《红楼梦》选角。

小慈独特的古典美女气质初一亮相就艳惊四座，她也在接下来的比赛里过关斩将，一路杀到全国总决赛。

这天比赛休息中段，小慈微笑接过工作人员递过来的水，却手一滑掉到了地上，因为她眼前出现了一个人。

那个朝思暮想的人啊，就那么微笑地站在那儿，手中提着带给她的饭盒，时间好像在那一刹那停止了，除去这瞠目的两人，再无他物。

"你来啦？"小慈说。

"我来了。"阿奇说。

两人像是许久未见的老友，时间的流逝没有冲淡彼此的情谊。

两人随意找了个旁边的楼梯坐下，阿奇递过来早已准备好的饭盒。

小慈将饭盒放在膝盖上，没有打开，两人又陷入了沉默。

"你好吗？"几分钟之后，两人几乎是异口同声地问出这句话。

两个人相视一笑，即使再久，默契始终不变。

阿奇整理了一下情绪，缓缓说道："这三年我每一天都想你，但我始终觉得自己不够好，无法给你这个世界上最好的幸福。于是，我拼命地努力，这三年除了睡觉的时间我都在打工和学习中度过。有时候想你想到无法呼吸，我便会拉上小双，去你请我吃饭的那家饭店，一人一瓶小二，她给我说你的近况，总是能说到我掉眼泪。哈哈，真是丢人呢，这么大个男人，还会掉眼泪。"阿奇说着像个大男孩一样不好意思地揉了揉头，接着说道，"我刚被一个院线电影选为男二号，我只想在第一时间跟你分享这个消息，所以忍不住就来了。哎，你怎么不吃呀？"

"小慈，饭来啦。呀，你有朋友在呀，那你们先聊。"没等小慈回答，一个男生就出现在他俩面前，解答了阿奇的问题。

小慈看着自己的男朋友走到远处，说道："我之前找过你一次，没找到。他对我很好，我也刚刚找回恋爱的感觉，你一定是我生命中的劫，在我要忘记你开始新生活的时候你回来了。"说着说着，她声音开始哽咽了。

阿奇苦笑了一下，像之前每次哄小慈的时候一样，温柔地摸了摸她的头："傻孩子，我回来不是要求跟你在一起的。只是我还爱你呀，思念压得我喘不过气，现在能看到你找到了自己的幸福，我替你开心呢。傻孩子，真爱也不一定要在一起，真正爱你的方式就是接受你一切的决定。但我可先声明，我会等你的，如果他敢欺负你，一定要告诉我，我会第一时间出现的。"

小慈红着眼眶深深地看了一眼阿奇，仿佛想将这张魂牵梦萦的脸深深地记在自己的灵魂里，继而轻声说道："我也爱你。谢谢你的成全。"

没有一天不想念彼此的两个人，却因为缘分的交错在彼此最好的年华里擦肩而过。

又一个三年，小慈坐在北京的影视办公室内，时间的磨砺早已让她摆脱了稚气，她总是一副深沉老到、胸有成竹的样子，也只有在一个人望向窗外繁华的北京城时，她的眉角才会出现一丝不快乐。

"三年了，我恋爱了又分手了，你还好吗？"小慈端着咖啡，望着窗外痴痴地想着。

电话在此时突然响了起来，仿佛要再次验证他俩的默契，显示的号码正是小慈在这辈子中唯一记住的电话号码。

"喂。"小慈的声音因为激动有些颤抖。

"小慈，是我。"三年里总在梦里出现的声音传进了小慈的耳朵。

电话两头沉默了。

小慈正想开心地告诉阿奇自己已经做好了一切与他白头偕老的准备时，阿奇开口了："小慈，这可能是我打给你的最后一个电话了。等了三年，始终都是听说你身边有人在疼爱着你，我单了三年，觉得自己就像个被全世界抛弃的傻瓜，苦守着一个无法兑现的承诺。半年前我来到了杭州，遇到了我现在的女朋友，不对，过了明天就是老婆。我已经错过了你，我不能再错过她了。但这个电话我一定要打，因为这也许是这辈子，我最后一次听到你的声音了。"说着说着，阿奇已经在电话的那头开始哭泣。

小慈没有说话，听着阿奇像小孩般的哭泣声，在电话的这头也同样泣不成声。

后记：

"2008 年的最后一个电话，到现在 2016 年，整整八年时间，我们再也没有联系过彼此。"小慈在电话的那头轻声对我说。

要是我在她身边，一定也会轻抚着她的头发："傻孩子，所有的过往都是为了等到你真爱出现的那一刻，磨难多，得到幸福后的满足感一定也是呈几何倍数增长的。"

"我已经找不到一个像他那么爱我的人了，这辈子都不会有了。"说完电话那头就传来了小慈的哭声。

我在电话这头心疼的同时，突然间想起了刘若英的歌词：我对你付出的青春这么多年，换来了一句谢谢你的成全，成全了你的潇洒与冒险，成全了我的碧海蓝天……

小慈，你是一个懂事的女孩，外表坚强的你需要一个真正懂你的人在你身边疼你爱你。你的成全不会被忘却，错过的爱情即使再美也不会是真爱，而善良的你，一定会找到属于自己的幸福。

爱的倒计时

　　北京时间 2011 年 12 月 31 日下午 6 点 27 分，距离完治和莉香的最后一次见面还有 5 小时 33 分钟。跨入新年的那一瞬间，是他们商量好的最后一次见面的时间。

　　为了如此伟大、璀璨的时刻，身为处女座的莉香此刻已经在梳妆台前忙碌了一个多小时，虽然年近 30，她脸上已然有了些小细纹，但昂贵的国际名牌化妆品以及中国制造的自拍神器一定可以很完美地解决这点追求完美的小心思。

　　身处望京家中的完治刚从午睡中醒来，像一只刚从冬眠里觉醒的狗熊，移动着他魁梧庞大的身躯，踢开挡在通往厕所路上的各种杂物，来到洗手间随意用水把脸打湿，套上一件黑不溜秋除了白色小蜜蜂领标还在无声抗议着"我是 Dior Homme（迪奥·桀傲）"的经典款衬衫，就算准备完毕了。

半小时后，完治坐上了驾驶座，莉香坐上了副驾驶座，分别从东四环和西三环往798艺术区开去，今天的那里有一个盛大的地下电音派对，以庆祝即将到来的2012——玛雅文化预示的世界末日这一年。

1.

完治2005年刚到澳大利亚悉尼的时候不叫完治，有一个滥大街的名字叫凯文，跟所有的凯文一样，他觉得这个名字简直帅爆了，走路带风，头发一甩都可以闪耀着星光的那种。

刚从北京来到悉尼的凯文在短时间内就成了中国城内星光熠熠的人物，当然不是因为他的名字，而是因为他那玩世不恭的帅气外表加上187厘米的标准模特身高，还有双子座特有的聪明才智，以及游刃有余的交友处事方式。

当时悉尼的唐人街并不像现在那么和谐，由于广东、香港人众多，古惑仔情节依旧盛行。电影电视上看得到的帮派在唐人街内比比皆是，有以香港人为基础的洪兴帮、圣和帮，还有东北人居多的大圈，以及以地名命名的各大帮派诸如台湾帮、福建帮等。

凯文自小对古惑仔文化耳濡目染，自然对所谓的江湖有着向往之心。

说来也巧，凯文热血沸腾想要找个良帮而栖之际，唐人街突然多出了一个帮派，号称14k，据说是香港最大帮派的分支。

14k 刚成立之时，在唐人街内广招人马，只差没有在入口牌匾下设个古惑仔面试点了。

凯文通过朋友 Justin 的介绍找到一个咖啡店，一个戴着墨镜的香港人霸气地坐在店的正中央，旁边两个戴着墨镜漂着白毛的小弟不苟言笑，那场景让凯文看得心潮澎湃。

香港人说："你系边度人？叫咩名呀？"
凯文说："祖籍河南，北京出生长大，名叫 Kevin。"
香港人说："好，交 50 澳币的入会费，你就系四九仔了。走，饮茶去。"

凯文一愣，交上 50 块钱后问道："那我平时需要做什么吗？"

香港人有些不耐烦道："有打交的时候会 call 你，收保护费会 call 你，卖丸仔会 call 你，你要多为社团付出，四九仔很快就能变成四八九啦。"

听着如此新鲜却有气势的词汇，凯文激动地问那是什么头衔，香港人丢下一句自己 google，带着小弟去喝茶了。

带着求学的态度一 google，原来四九仔是社团里最底层的存在，往上分别是"四三二""四一五""四二六""四三八""四八九"，对应的头衔都有个帅气的称谓："草鞋""白纸扇""红棍""二路元帅""香主"。

凯文激动地想着自己一定要努力，当到二路元帅也就是相当于陈浩南在洪兴的角色了，那可是在现实里呼风唤雨，要妞有妞要钱有钱的美好存在。

带着这个美好的梦想，凯文甜甜地睡去。

2.

急促的电话声惊醒了还在做元帅梦的凯文，他抹了抹嘴边的涎水。电话是 Justin 打来的，口气急促地让他看悉尼 7 台的新闻。

24 小时的滚动新闻频道上出现了一个大大的 "Breaking News"，这是只在有突发的紧急事件时才会放上的标题。

画面上出现了几部闪着灯的警车，几个荷枪实弹的外国警察正从一栋别墅里押出几个戴着手铐的亚洲青年。

凯文揉了揉自己的眼睛，又狠狠地捏了自己一下，确定自己是醒着的之后大声喊了一句"哎哟我去"。屏幕上被带走的正是昨天飞扬跋扈的香港大哥和他那两个小弟。

一了解情况才知道，香港大哥的两个小弟昨天去悉尼的意大利人聚集区莱卡区吃饭，不知道什么原因跟店主发生了口角，两个人不但不支付账单，还叫来几个四九仔把人家店给砸了，走的时候摆下一句很有气势的话："We are Chinatown 14k。"

两个嚣张的小弟接着喝酒吹牛去了，但他们一定没有看过教父，不知道黑社会的鼻祖就是意大利黑手党。

于是乎，从出事到抓人不过短短的九个小时时间，从中国城内部到整个悉尼华人区，14k 的地盘被一夜清空，而隶属 14k 的小弟也一个个被抓捕，一个新兴的社团，就因为一顿饭被除名了。

来不及心疼自己的 50 块钱和未完成的二路元帅梦，凯文第一时间问 Justin，该怎么逃过警察的追捕，虽然他只是个刚入门的四九仔。

介绍人匆匆留下一个餐厅地址，让他去那儿找一个叫莉香的女子，据说也是北京人，是另一个社团义堂的二把手，据说是心狠手辣八面玲珑，号称可以搞定一切社团的问题。

凯文作为一个爱国主义愤青，口中嘀咕着为啥一个好好的中国女孩要取个日本名字，却也还是马不停蹄地按照地址赶到了那个餐厅，毕竟《教父》里上演过的酷刑一定会把他帅气的脸庞给打花。

3.

凯文依址来到餐厅门口，看到一个很小的牌匾上写着"禚家台湾小吃"，一个很小的门面里摆着三四张桌子，店内挤满了人，在外面排队的也有好多。

这让早已做好心理准备想着肯定能见到个狠角色出现在这个高档餐厅，张口闭口干掉谁的凯文有些不知所措，见到莉香真人时更是大跌眼镜。

莉香是个穿着工作服却不掩本身动人气质的大美女，高鼻梁、大眼睛，一米七的身高和接近黄金比例的身材，让凯文当下看失了魂。

"你，你，你，是莉香？"凯文瞪着他的双眼看着面前的女子惊奇地问道。

"对，我就是莉香，可怜了一个帅哥，居然是个结巴。"面前那个白衣女子微笑着调侃道。

"你怎么会在这个'糕'家台湾小吃上班？而且，为什么你，会，这，么，漂亮？"凯文一字一顿地问。

"首先，我不觉得自己漂亮，其次，那个字念 zhuó，不是'糕'，可怜了一个帅哥，居然没文化。"

凯文此刻心里真是一万只草泥马在奔腾，说好的冷酷无情、杀人如麻的大姐大居然变成了一个千娇百媚的美丽女生，说好的气势呢？说好的凶狠呢？

感慨完毕，他却也还是得把昨晚的突发事件跟莉香交代一番，毕竟小命重要。

莉香听完事件起末，特别是听到 Justin 让凯文来找自己时咯咯笑了起来。这一笑不打紧，差点让旁边的凯文呼吸心跳一起停止，文化水准不高的他都能想到"一笑百媚生"这句话，这笑，是极美的。

莉香理了一下思路，抬起头看着凯文的眼睛说："我不是义堂的二把手，只是跟里面的一些人很熟，而且因为是在澳洲长大的关系，我在唐人街还算认识些人，能够说上几句话。你这事其实不大，昨天才入的他们可能都还没来得及登录在案，而且主要人员进去了悉尼警察也应该会选择大事化小了，毕竟，维稳才是他们的主要责任所在。这么着，我帮你打个电话问问情况，如果没啥大事你就该干吗干吗，不影响。你号码留给我，有事我再打给你。"

凯文恍惚间给莉香留了号码，莉香便回店里招待客人了。

4.

几天之后，凯文收到一条短信，内容是：事情已经搞定，无须担心，莉香。

凯文看着那条短信愣了几十秒钟，才慎之又慎地打下了一行字，按下发送键，内容只有短短的几个字：看电影去吗？

收到回复的那一刻凯文开心地在原地跳了两圈，差点吓坏了路

168

过的清洁阿姨，莉香的回复很简单：时间、地点、片名，影院门口见，爆米花要大份，可乐加大杯。

两人约好时间来到悉尼乔治大街的 Hoyes 影城，看了排片的海报之后，凯文选了一部叫 *Phone Booth*（《狙击电话亭》）的电影，海报上一个外国帅哥瞪着大眼仿佛看到了鬼，不是惊悚片就是烧脑片，这么一来就可以在莉香面前展示自己的男子气概以及逻辑分析能力，一定可以给自己加分。

不承想，一部一个多小时的电影，场景就只有一个电话亭，人物只有几个，围绕着电话亭，剩下的就是看主角的演技与台词的编排了。

没有意料中的惊悚，也一点都不烧脑，于是，在吃完半桶爆米花之后莉香就华丽丽地睡着了，直到电影结束。

莉香伸了个懒腰，问凯文电影讲了什么，凯文一愣说自己也不知道，莉香问那你在干吗，凯文脱口说出我在看睡着的你，两人沉默，暧昧的情愫在凯文心头荡漾，他鼓起勇气抬起头看莉香的时候正好听到她说："那，我有没有流口水？"

暧昧是爱情最美的阶段，自从那次失败的电影之后，两人只要不上课不打工都会找地方约会。

两人在晨间踩着朝霞去悉尼著名的鱼市场吃早餐，价格便宜又无比新鲜的海鲜让自小在内陆长大的凯文兴奋不已。坐在 Anzac（澳新军团）大桥旁吃着海鲜、看着莉香，听着她说小时候在悉尼公立学校跟鬼妹们一起逃课、偷大人 ID 去酒吧，最后被酒吧老板送进警察局的故事，嘴里吃着甜甜的大龙虾，他心里像抹了一层甜甜的蜂蜜，从嘴巴甜到心里。

两人也会在午后相约来到悉尼大学的大草地上，学着外国人铺张报纸就躺在上面晒太阳，莉香总会眯着眼托着腮听凯文说在北京时与发小们发生的有趣的事，时而被凯文的幽默逗笑，时而会因为入戏而露出担心的表情，直到凯文用手摸摸她的头，微笑着将她拉回现实。

而他们最喜欢做的事情就是在傍晚的时候相约去海边散步，从 Bondi（邦迪）海滩到 Coogee（库吉）海滩再到 Manly（曼利）海滩。聪明的凯文变着法子想尽办法带莉香去不同的海边，听着海涛声，望着一望无际的大海，在海边漫步，听着她说，她是因为喜欢《东京爱情故事》所以才取名叫莉香的。

缘分让两人相遇，却也没有辜负那个时候的他们，爱情来得自然而然，没有一点点防备地进入了彼此的心房。

5.

那天下午，莉香刚从襟家台湾小吃打完工出来，手机一振收到了一条短信：各位兄弟姐妹，从今天开始本人凯文正式改名为完治，请大家备注一下，基于新名字常用才算数，以后见面再叫我凯文的自罚三杯伏特加，平身，钦此。P.S.此条为群发，若有打扰，那你来打我呀。

莉香还没来得及反应，紧接着又收到第二条：莉香，下午五点半，在老地方等我。——已经改名为完治的凯文。

莉香准时来到他们常见面的法国面包店，凯文，不对，完治穿着剪裁精细的修身西服，西服衬托着他187厘米的身高和衣架子般的模特身材。收起那平时玩世不恭的痞气之后，他竟有些贵族的气息，让莉香有短暂的走神。

完治载着莉香来到了位于悉尼歌剧院旁的 Cafe Sydney，他们随着带位的服务生来到了露台上一个最佳的位置，那里可以看到悉尼大桥，并且感觉歌剧院就在触手可及的距离，显然，机智的他早已安排好了一切。

入座之后，乐队弹起了莉香最爱的小野丽莎的歌曲，侍应微笑着递上早已准备好的巴黎之花香槟，卖相好且极其美味的食物被一道道摆上餐桌，气氛融洽，让人有些迷醉。

随着最后一道甜点融化在莉香的味蕾上，完治有些紧张地望着窗外绚丽的大桥美景，片刻之后转过头来，看着眼前这个朝思暮想的人，用平时根本不曾有的温柔说："莉香，我虽然来澳洲的时间不长，并且有了很傻 × 的乌龙社团事件，但我很开心我能遇见你，跟你在一起的这一个月是我这辈子最开心的日子。而我现在很郑重地向你请求：跟我在一起吧。"

那个时候还没有《非诚勿扰》和《非常完美》，完治却无师自通地伸出自己的右手，放在莉香的面前，画面温暖动人，只是那只颤抖的手有些破坏和谐的气氛。

莉香忍不住笑了起来，打掉那只在空中的手，问道："为啥突然改名叫完治啦？"

"那还不是因为你所喜欢的《东京爱情故事》，你叫莉香，我当然得叫男主角的名字完治呀。"完治看着莉香嘀咕着。

"嗯，好的，完治先生，首先，你穿正装的样子有点吓到我了，不过，还是蛮帅的。"莉香吐了吐自己的小舌头，继续说道，"其实这段时间我也很开心，你也知道我是单亲家庭，跟着妈妈小时候就一直在悉尼生活，所以我其实一直很缺乏安全感，这也是为什么我会认识很多社团的人，因为我觉得那样我就不会被人欺负了。同样，因为缺乏安全感，我也不太敢接受爱情，因为爸妈的离婚，我总觉得爱情是一件很不靠谱的事情，你们男人总是在没有得到的时候各种好、各种献殷勤，一旦得到了，离分开也不远了。"

完治看着眼里泛着泪光的莉香，心都快融化了，他一口气喝掉杯子里剩下的香槟，站起来对着周围的顾客拍拍手，将大家的注意力都吸引过来之后，对着莉香大声说："让在座的各位帮我见证，我一定会好好地爱你照顾你，不再让你受伤害了。"说完，他还摆出个自认为帅气的 ending pose（结束姿势），觉得此处餐厅里的客人应该报以鼓励的掌声。

莉香红着脸将手递给了他，小声说："傻瓜，你说的中文他们哪听得懂啊？"

突如其来的缘分、自然而然的爱情，恰到好处地出现，而对面的那个人，正好是你，真好。

6.

两人的爱情升温得很快，几周之后莉香便从家里搬了出来，搬到了完治在市中心租的房子里。

热恋期的爱情总是甜蜜的，一秒钟没有看到对方都会想念，每次发个短信打个电话都会开心到不行，牵个小手约个小会都会感觉到自己拥有全世界。

完治上课之余也在一个中国人开的 KTV 找了一份小时工做，理由竟然是莉香打工的时候他不找点事情做会太想念，莉香有些哭笑不得却也感到一丝甜蜜。

两人都属于健谈的人，每天聊得不亦乐乎，天南地北，贯穿古今中外，完治的博学与幽默时常逗得莉香哈哈大笑，完全不顾女神形象。而莉香从小在悉尼长大的经历也吸引着完治，他时常为国外的开放和与国内完全不同的文化而惊叹，听到精彩处还会抱着莉香撒上一些不符他身高形象的小娇。

一晃半年过去了，两人的甜蜜期似乎还在持续，没有任何停歇的迹象，完治每天活得跟神仙似的，早已忘记了他初到悉尼时的二路元帅梦，却没想到接到了一个意外的电话。

电话那头传来一个久违的声音，正是当时要介绍他进社团的Justin，约他到世界广场楼下的咖啡店，有些重要的事情要告诉他。

如约来到了咖啡店，一番嘘寒问暖之后，Justin看了看周围低声地对完治说："莉香原来交过一个社团的男朋友，是一个大哥，你们在一起之后他没少问你们的事情，但我都在帮你说好话，这几天不知道怎么的他有要找你的意思，我赶紧来跟你说一声，别起了什么冲突。"

一听跟莉香有关，完治先是道过了谢，接着非常直接地说："没事，让他来找我来吧，我爱莉香，没有人可以将我们分开。"

回家之后完治并没有跟莉香说Justin找了他的事情，只是自己喝了会儿闷酒，莉香问起他也不说话，她便也生了气，独自睡觉去了。
那是他们第一次有了小矛盾。

7.

等了几周也没有任何人找到完治，两人的生活在这场小风波之后恢复了平静，完治也觉得那次对莉香生闷气有些不对，于是对莉香比平时更好了。

圣诞节快到了，南半球的夏季让悉尼少了些许过节的气氛，试想看到穿着短裤的圣诞老人活跃在购物商场里，你总会觉得哪里别扭不是？

这天完治匆匆地交了学校的期末论文，驱车来到莉香打工的地方，神神秘秘地递给刚上车的莉香一个信封。

莉香调侃道："哟，这不会是这个月的电费要让我去交吧？"
完治神秘地一笑："呵呵，其实是这个学期的成绩单，我被学校警告了，说是课程不及格的太多。"

莉香给了完治一个爱的栗暴，打开了那个神秘的信封。

"哇，居然是去 Fiji（斐济）的来回机票，么么么。"莉香开心地抱着完治亲了又亲，终于可以去她梦中的海岛斐济了。

两人开开心心地去吃了顿烛光晚餐，回家之后莉香就哼着小曲开始准备行李了，第二天下午的飞机等着他们一起去远方。

一夜无话。

第二天一早完治被电话声吵醒，迷迷糊糊间只听到一大串英文，坐起身来仔细沟通了半天，才发现昨天开的那个玩笑居然变成了现实。电话是学校留学生处的老师打来的，说的居然就是完治这个学期考试没有达到标准，要在今天下午到学校进行一个针对留学生的补考，学校好向移民局交代。

完治听了有些错愕，赶紧跟老师说下午要乘飞机去其他地方，可否改时间再去学校补考。老师问清楚情况之后表示虽然很感动于他们的爱情，但规定就是规定，考试时间无法更改，最后劝慰完治不要拿自己的前途开玩笑。

挂了电话之后莉香也醒了，了解情况之后非常善解人意地跟完治说改签机票吧，斐济什么时候都能去。

完治爱惜地拍了拍莉香的头："傻瓜，你的快乐比这个世界上的任何东西都重要，一个小考试，下个学期再补考就好啦。"说完打电话叫来了去机场的出租车。

8.

两人来到斐济之后入住希尔顿酒店，莉香像个孩子来到了开心乐园，而完治显然还没有从考试的事情中走出来，怎么看都有些强颜欢笑的感觉。

斐济被誉为十大情侣必须去的海岛之一，由 332 个岛屿组成，他们两人所在的是其中最大的一个旅游岛屿，构造有点像中国三亚的亚龙湾，数十个五星级酒店分布在海岸线上，风景优美动人，一年四季的恒温让人感到十分舒服。

　　莉香知道完治还在为考试的事情闹心，表现出了自己贤妻良母的那一面，早起去酒店的餐厅拿来了丰盛的早餐，把他哄起来之后两人在房间的阳台上看着海景享用美食。

　　早餐过后，莉香拿出早已准备好的旅游攻略，找出标记好的页面，兴奋地对完治说："我们今天出海去隔壁的岛屿，上面有土著人的表演，回来的路上我们可以顺便坐潜水艇下海去看海底世界，运气好的话还可以看到海豚呢！"

　　看着像小孩般兴奋的莉香，完治打从心底开心，但考试的阴云在心头久散不去，笑得都有些牵强。

　　莉香哪能看不出来，但也有些郁闷，说好的好好出来玩，这老不在状态也是让人闹心。

　　蔚蓝的海、温柔的风、甜蜜的爱情，本该浪漫的海上之旅却随着两人的沉默有些低沉的气息。

两人乘船来到了附近最大的一个火山岛，刚上岛就被热情的土著人拉着来到了岛屿的中心，那里有一堆已经熄灭的篝火，不难看出昨晚这里进行了一场盛大的篝火晚会，当然那并不影响正在进行的圣诞特别欢迎仪式。

一群斐济当地的土著人带着欢欣的笑颜迎接着来自各地的游客，在他们的脸上看不到任何贫穷带来的沮丧，没有地处偏远带来的不快，有的只有发自内心的笑容。那笑容感染着来自五湖四海的陌生人，让他们随着有节奏的音乐翩翩起舞。

这个时候其中一个土著人似乎发现了完治脸上的阴郁，随即移步来到了他俩面前，热情地伸出手邀请他们加入大伙营造出的快乐海洋。

莉香很开心地站了起来，完治却不知道为什么始终坐在原地，像座沉默的火山。

在受到土著人再三的邀请之后，火山爆发了，完治站了起来狠狠地打掉伸过来的双手，大声用英文说道："Could you please leave me alone？ Why so stupid？（你能让我一个人静一静吗？为什么这么蠢？）"

突发的事件让整个狂欢停了下来，莉香像是看个自己完全不认识的人一样，表情震惊且错愕，回头看了看十分尴尬的土著人，一字一顿地对完治说："不开心就走，不要在这里丢人，连对人最基本的尊重都不知道，算我看错了你，误解了爱情。"说完转身走向无人的海边。

9.

待完治回过神来，他已经看不见莉香了，他赶忙站起来，对面前的土著人说了句 Sorry，便匆匆地寻找起来。

完治找遍了整个小岛，都没有找到莉香，而她的手机已经早早地关机，这个时候他才真的慌了神，悔不当初，却也无可奈何。

当他失魂落魄地走到海岸边时，在海边等着游客的船主告诉他跟他一起前来的女生刚才气冲冲地来到海边，坐了一艘当地居民的

182

摩托艇走了。

完治赶忙也招呼来了停在旁边等待接客的摩托艇，赶回了酒店所在的岛屿。

上气不接下气地跑回酒店房间之后，刚进门就发现莉香的行李已经不见了，桌上留着一张纸条：完治，原谅我的不辞而别，两个人在一起，最重要的是对彼此的尊重理解，那才是我心里真正的爱情，而不是在我这方面无条件地忍让退却之后你却还是一味地索取与不满足。你知道我多需要一份安全感，而你之前也都能给我这份安全感，让我觉得很满足。但最近的两三件事让我觉得你内心还是个孩子，不懂得控制自己的情绪，简而言之就是情商不高，而我，想要找的男人是一个顶天立地的存在，不是那种遇到事情就会把所有情绪摆在脸上甚至对着陌生人发火的小孩。我先回悉尼了，大家都冷静一下吧。——莉香

完治看完留言之后点燃了一支香烟，沉默了片刻之后拿起手机给莉香发了一条短信：对不起，我无意伤害任何人，只是没有控制

住情绪，你说得对，我需要调整自己的状态，给你一个最完整的自己，带给你安全感。我会在这儿多待两天调整自己，回去以后你会看到一个全新的我，不会让你等太久的，我最爱的 baby。

两人在一起之后，这是第一次分开如此之长的时间。完治在海边坐了两天，从日出到日落，整理好了自己的情绪，厘清了事情的始末，心中愧疚难当，一方面愧疚于对莉香爱的辜负，一方面愧疚于自己太过以自我为中心，往往忽略了身边人的感受。

他本来就是一个智商、情商都很高的男子，这两日的独处让他重新看到了自己身上所欠缺的东西，也知道了自己骨子里的冲动放在古代可能让自己成为一条好汉，现在则是一项伤人的技能，特别是会伤害到自己身边深爱的人。

平复了心情之后，完治觉得自己做好了重新开始的准备，无论是对爱情还是对自己的人生。这时，他却接到了一个意外的电话。

电话是 Justin 打来的，先是问他人在哪儿，当得知他在斐济之后便告诉他自己看到莉香和她的前男友，也就是之前提到的那个大哥出双入对地出现在唐人街里。

这一刻，完治刚刚建立起来的信心完全崩塌了，随手一扬，手机在坚实的墙上四分五裂。

10.

完治回到悉尼的第一件事，就是去中国城买了一部新手机，装上补办的 sim 卡之后手机振了整整一分钟，那个时候还没有微信，所以全是一些未接电话的来电提醒，还有就是莉香的短信了。

从一开始的找不到他的着急，到后来有些哀求的语气，再到最后的有些心冷，在短信里依照时间顺序排列得整整齐齐，完治看完最后一条，感觉心一下就碎了：完治，这应该是我给你发的最后一条短信了。首先谢谢你这段时间的照顾，我很开心很快乐，很享受你在身边的日子，谢谢你给我的爱，那是我生命中严寒时刻的一缕暖阳，它来过我的生命，我已经很满足了。找了你两天没有任何回音，我打给了 Justin，他跟我说了大概的情况，我挺难受的，却也可以让自己死心走了，也许你根本就不是我命中的 Mr. Right（那个他），而我，当然也不配做你的 Mrs. Right（那个她）。学校的事情你不需要担心了，我已经拜托他搞定了。

原来莉香找她前男友是为了完治学校的事，这剧情反转得那么快，完治的脑袋有些转不过来，迷迷糊糊地走回家里，看到莉香早已把所有东西收拾走了，那一刻，他才知道莉香是真的离开他了，眼泪也在那一刻决了堤。

完治尝试了所有他所能想到的办法去寻找莉香，奇怪的是她好像突然人间蒸发了一样，像是飘向空中摸不着的水蒸气，再也找不着了。

完治消沉了一个月，跟朋友天天喝酒唱歌，甚至还在酒后打过一场大架进了警察局，在收到移民局的最后警告单后，他才开始了对自己的又一次反思。

身边的朋友发现完治变了，就像是一个调皮的孩子在经历过家庭的重大变故之后一夜之间长大了，是一种真正的内心成熟，与真实年纪不符的成熟感让大家十分地陌生却也感到欣慰。

完治心里却想得很简单，找不到莉香，自己就等，在等待的这段时间里，自己一定要努力成为莉香心里那个顶天立地的、可以给她很多安全感的男人。

时光飞逝，完治完成了在悉尼大学的所有课程，以优异的成绩毕业了。正当他犹豫要不要继续就读研究生时，朋友给他传来了一段 YouTube 上的视频。

视频很短，只有一分钟不到，浏览量却是惊人的。完治打开了视频，先是看到很多身穿海底捞员工制服的人将一部小轿车用人力抬了起来移到了路的一边，继而让后面那部小车的驾驶员可以顺利地开出被前后两部车夹得很紧的汽车。驾驶员开心地打开窗户感谢身边的员工，那张微笑着的脸，正是完治朝思暮想的莉香。

完治订了第二天最早的一班飞机，下机后顾不上回家，提着行李直接来到了位于北京劲松南磨房路的海底捞，找到了当班的经理。

了解情况之后经理也善解人意地给了完治莉香的电话号码，打过去之后听到莉香熟悉又有些惊讶的声音时，完治却平静了下来，一番嘘寒问暖之后，便有了开篇时的邀约。

11.

跨年的欢乐气氛早已弥漫在 798 的上空，让本来寒冷不堪的北京有了丝丝暖意。

完治紧了紧自己的衣领，尝试不让寒风吹进自己单薄的衣服里，没办法，从悉尼的大夏天里赶回来，粗心的他并没有想起北京现在已经是寒冬，但一想到马上要见到最爱的莉香时，心里就涌起了暖流。

莉香身上大大的羽绒服遮不住她曼妙的身材，身旁经过的男生总是忍不住回头看她，她却低头想着心事，完全顾不上周遭的目光。走着走着突然感觉到一股熟悉的气息，猛地一抬头，就看见了那双熟悉的大眼睛，完治微笑着站在她的面前。虽然心中早已预想过无数次重逢的场景，却在相见的那一刻只说得出：好久不见。

完治也是一样，早就已经排练好的内心戏和电影台词全卡在了心里，千言万语也只能缓缓地汇成一句"好久不见"。他习惯性地伸出自己的右手，想要牵着莉香给她带来丝丝温暖，却发现莉香往后退了退，留出了一个安全距离。完治有些失落，却也无可奈何，只能默默地走在她的身边。

盛大的派对如期而至，本来空旷的厂房里随着时间的推移也开始慢慢聚集了越来越多的人，大家对酒当歌，无论认识不认识都在酒精的作用下变成了死党，气氛十分地好。

完治他们两人也被这热烈的气氛感染了，随着音乐跳了起来，加入了这末日狂欢。

随着时间接近12点，两人也已经喝得有些微醺了，不知道因为人潮的拥挤还是因为心灵的所指，两人的手，终于在数年之后重新牵上了。

台上的 DJ 大声地喊着麦，提醒大家开始进行最后一分钟的倒数。

60，59，58，完治将莉香拉进了自己的怀抱，告诉她在没有她的这段日子里自己有多么想她。莉香愣了一下，沉默不语。

45，44，43，完治告诉她在没有她的这段日子里他独自完成了悉尼大学的学业，并且拿到了以前想都不敢想的奖学金，而这一切，都是因为她。莉香逃开了他热情的目光，沉默不语。

30，29，28，完治对她说起为了当好当年她所说的顶天立地的男子汉，他是怎么坚持每天锻炼以及参加各种比赛，只为了能够练好身体给她安全感。莉香抿着嘴唇，沉默不语。

19，18，17，完治笑着对她说为了锻炼她所在意的情商、改正自己冲动的缺点，他是怎么自己一个人背起背包独自旅行，去看外面的世界，见各种各样的人。莉香眼里有了泪水，依旧沉默不语。

10，9，8，最后的倒数响起之际，完治拿出早已准备好的钻戒，单膝跪下，声音大得盖过了所有的倒数声："莉香，嫁给我吧！"

莉香的泪水无声地滑落，看着完治那期盼的眼神，轻声说："对不起，我已经有老公了。"

3，2，1，一切戛然而止。

最好的爱情是在最合适的时候遇到那个最适当的人，其余时间里出现的感情，都有可能成为错爱。

在一段感情开始之前，或许我们真的应该考虑清楚自己是否已经做好了爱的准备，是否已经达到或者接近对方心里所期盼的模样。

也许，你会说要考虑太多的爱情并不是真正的爱情，但是亲爱的，我们早已不是活在依靠书信车马就能两人携手过一生的过去了。

现下的爱情是现实的，却也是无比真实的存在。

愿缘分不会辜负有爱之人。

愿有情人终成眷属。

最后希望完治与莉香一切安好，如果可以，我愿将我的运气都给你们。愿你们勇敢地追求所爱，我善良可爱的朋友。

当一见钟情遇上一见终情

男孩女孩一见钟情。

男孩："我爱你。"

女孩："哪有那么快就说爱的，好假的你。"

男孩笑笑不说话，深深的爱放心底。

男孩女孩恋爱早期。

男孩："多吃点呀，还剩这么多。"

女孩："为啥呀，我都胖死了。"

男孩："早点睡喽，对身体好。"

女孩："为啥呀，你没看到我还没打完排位赛吗？"

男孩："天冷了，多穿点。"

女孩："为啥呀，风度比温度重要好吗？"

…………

男孩总是笑笑："还不是因为爱。"

192

男孩女孩恋爱中期。

女孩："这是留给你的饭菜，多吃点对身体好。"

男孩："别你不吃的都丢给我。"

女孩："睡了吧，都这个点了。"

男孩："你打着排位等我一会儿，我还不困。"

女孩："抱抱我吧，外面好冷。"

男孩："抱着你外面的人就看不到你优美的体态啦。"

…………

女孩对着镜子苦笑："难道这就是你所谓的爱？"

男孩女孩恋爱晚期。

女孩："我爱你。"

男孩："……"

女孩："你还爱我吗？"

男孩："……"

女孩："我们分手吧。"

男孩："……"

女孩笑笑，心中说了最后一句我爱你。

男人来自火星，女人来自金星。

一段恋情开始的时候，男孩总是能够很快地进入恋爱的状态，那个时候的爱，是对女孩外在的肯定，以及希望得到女孩欢心的付出。

那个时候的女孩，只有初见面时的喜欢，她无法太快地进入恋爱的状态，女孩慢热的天性让她无法轻易地说出爱。

随着时间的推移，女孩慢慢地进入了恋爱的状态，男孩慢慢地走进了她的内心深处，她感觉到了爱的存在，也希望这迷人的爱可以陪伴在他俩身畔，自始至终。

男孩渐渐地由恋爱模式进入了生活状态，他开始放大一些女孩之前的"作"，和她嫌弃自己的一些地方，爱还存在，他却悄然感到了一丝疲倦，对爱情，对女孩。

最后的最后，女孩深爱男孩时，男孩已经在准备抽身去往下一段恋爱。

两人的爱，像勇敢的斗牛士与悲情的公牛，双方相互伤害，相爱相杀，最终没有胜者，只有落幕的悲凉。

　　亲爱的，去找个与自己节奏相同的人吧，初见面便融入对方的生命，越相处越合适，越摩擦越合拍，最后时刻的"我爱你"，才是水乳交融的彼此倾心，然后不离不弃，然后相濡以沫，然后执子之手。

那年青春，我们正好

真实世界里，哪来的那么多机缘巧合。

随手买了张彩票中了头等奖；美女出事了英雄正好在附近；富家女不小心就看上了落魄的穷小子……

这个世界不缺乏奇迹，但奇迹之所以是奇迹，就在于它的低概率。

既然我们不能将生活的希望寄望于低概率事件，那么，用心地过好每一天就显得尤为重要，特别是，当身边有个爱着你的人时。

爱与被爱，是这个世界上最重要的事情。

只要是你就好。

1.

中国传媒大学位于首都北京，但它出名的不是它的地理位置，而是与北影、北电相比都不遑多让的美女素质。

2009 级学生刚入校的开学季，阿俊作为学生会的学长责无旁贷地承担起迎接新生的任务，代价是必须请学生会的其他男同胞每人一杯珍珠奶茶。开玩笑，开学接新生可是一个美差，有多少学长就是在这个环节结束了常年与纸巾相伴的岁月。

半个早上过去了，正当阿俊有些心疼自己的珍珠奶茶打了水漂的时候，一个白衣少女从远处徐徐而来，走向了传媒大学的校门，同时走进了阿俊的生命。

晶晶有些后悔没有让出租车司机把车开到校门口，看来自己还是低估了箱子里衣服的重量，高估了自己的体力。

正当有些提不动箱子犹豫着要不要打电话求援时，一个戴着眼镜的斯文男生走了过来，冲她笑了笑，说道："你好，我叫许永俊，朋友们都叫我阿俊，我是上一级播音系的学长，今天负责来接新生，你是哪个系的同学？"

晶晶愣了一下，打量了一下阿俊，发现这个男生一副读书人的样子，斯文憨厚，让人十分想亲近，便答道："我叫李晶，你叫我晶晶就好，好巧我也是播音系的，今年的新生。"

阿俊看着晶晶漂亮纯洁的脸庞，入耳的是温柔如水的声音，他听得心都快醉了，却还是强装镇定地将晶晶送到了女生宿舍，并以帮助新同学为由留下了晶晶的联系方式。

2.

从此，阿俊枯燥的大学生活忽然之间开出了花。

晶晶早上起床时总能收到宿管大妈送来的早餐，她知道这是阿俊送来的，却不知道他每天都要买一份同样的早餐贿赂大妈；

晶晶晨跑时总能不小心遇见也在晨跑的阿俊，阿俊说自己每天早睡早起，晨跑是多年的习惯，只是不知道为什么每次她都能清楚地看到他疲惫的黑眼圈；

晶晶中午在食堂排队打饭时老能看到阿俊和负责承包食堂的老王在一起，早已帮她打到最好、最新鲜的饭菜，只是不知道为什么最近阿俊主播的校园广播一直在提倡大家去学校食堂吃饭。

晶晶不傻，她知道阿俊喜欢她，她其实也对这个看起来憨厚无比的书呆子有好感。

阿俊却是傻的，他总觉得晶晶肯定不喜欢自己，不过他就是喜欢她，喜欢在她身边默默地付出。

食堂的老王也不傻，他与阿俊狼狈为奸，哦，不对，相互"勾结"之后，食堂的收入是之前的两倍，看着阿俊傻傻地喜欢着晶晶，他觉得自己应该知恩图报，为这个小老弟做些什么了。

3.

这天放学，晶晶像往常一样和闺密一起走进学校食堂，顺利地来到每天的餐桌旁，却发现今天的阿俊居然罕见地穿起了小西服，也不知道是不是太热了，额头上还有细细的汗珠。

就座之后，阿俊从背后拿出一束红玫瑰，吞吞吐吐地看着晶晶说："晶晶，我知道自己没有很多钱，也还没有一个很好的工作，但我知道我自己很喜欢你，我想在你身边照顾你，希望你能够考虑一下我，就算不同意，也要一直和我做朋友好不好？"

听着阿俊这傻乎乎的表白，晶晶心里暗骂了一句"傻子"，还没来得及说话，就看到原本都是坐在座位上的同学们一个个站了起来，每个人都从身后变出了一枝玫瑰花，走向了自己这桌。

"阿俊想以后每天跟你一起吃早餐，答应他吧。"

"阿俊想以后在你身边说早安晚安，答应他吧。"

"阿俊想以后跟你一起看每部新电影，答应他吧。"

....

一共 99 枝玫瑰，一共 99 句情真意切的话，老王花了 99 枝玫瑰的钱和为所有人提供两天免费午餐的代价，看来最近真的没少赚。

晶晶被这场面弄得有些头晕，没想到这个平时一副老实样的阿俊还能搞出这么浪漫的场面，芳心暗许，默默地点下了头。

于是，他们在一起了。

4.

在一起之后，阿俊并没有像很多渣男那样得到了就不好好珍惜，而是比之前更爱晶晶了，把她宠得像一个小公主。

阿俊找了一份麦当劳的小时工，故意将上班时间安排在凌晨，一方面是可以避开自己上课的时间，一方面是正好在下班的时候可以将两份热腾腾的早餐送到女生宿舍楼下，每天虐着进出宿舍的单身狗，自己累成狗。

课业和打工的负担让这对小情侣少了些在一起的时间，阿俊总是想着各种办法增加他们的相处时间，有电影首映是一定要去的，有周末空着一定会找个地方去郊游，有学生会组织的活动一定可以看到这对小情侣成对地出现。

学生时代的恋情很简单，本来爱情就是一件很简单的事情，喜欢就在一起，在一起就要开心，开心了就继续在一起，陪伴是最长情的告白，而对方，正巧就在身边陪伴着自己。

转眼，他俩在一起就两年多了，阿俊迎来了大学的毕业季，而晶晶也升上了大四准备自己学生生涯的最后一年。

阿俊离开学校之前傻乎乎地问晶晶，他们俩是不是会像其他很多大学时代的情侣一样，毕了业就分手、各奔东西，晶晶啥也没说，却在第二天丢给阿俊一套钥匙。"傻子，我的积蓄只够交头两个月房租，以后的房租你要多卖汉堡来承担了，我的东西已经搬过去了，你今天搬过去记得整理清楚了，等我放学回来。"

阿俊拿着钥匙傻笑了半天，路过的同学都以为这个学长刚得到跨国公司 CEO 的职位。

5.

常听好友说情侣不能同居，一起住总是会出现这样那样的问题，但放在阿俊和晶晶身上却没有太多问题。

两人同居之后还是一如既往地幸福，他们将自己的小家布置得无比温馨，晶晶忙着最后一年的学业，阿俊一边打着零工，一边寻找着就业机会。

唯一有些让阿俊觉得不开心的地方，就是自己微薄的收入有时无法满足两人的生活，他们过得有些拮据，这让他觉得亏欠了晶晶许多，自己默默地又多加了几个小时的班。

长时间的工作以及找工作的碰壁让阿俊心情有些压抑，有时忍不住会在晶晶面前闹闹小情绪，但体贴的晶晶不但没有与其争吵，还最大限度地包容他，一副皇上万福安好，臣妾跪安退下的好妻子形象。

相反，晶晶有些时候因为学业上的困扰或者每个月那几天的烦躁有些小脾气的时候，阿俊却总是认为她在无理取闹，两人开始有了争吵。

爱情就是这样，不可能永远一帆风顺，甜蜜过后总有倦怠期。

6.

有一次，因为一个很小的问题，阿俊用很不耐烦的语气说了晶晶几句，晶晶当即把之前所有的委屈情绪一次发泄了出来，两人大吵了一架，晶晶一气之下跑出了家门。

阿俊坐在客厅里打开了一瓶啤酒，虽然他不爱喝酒，但似乎这样才可以配合自己郁闷的心情。

喝了两口酒，拿出自己的手机，他借着酒精打下了许多放在心中的文字："晶晶，从第一天见到你我就爱上了你，在你身上我才算真正知道了什么是爱情，大学和你在一起的最后这两年是我这辈子到现在为止最开心的日子，因为有你。毕业之后，现实的生活折磨得我有些喘不过气来，这让我很多时候心力交瘁，我怕我照顾不好你，我怕自己给不了你幸福，我想永远把你宠得像个小公主，可是，我觉得我没有能力去给你你想要的幸福，所以，我们分手吧。"

抹掉了滴在屏幕上的眼泪，阿俊准备按下发送键，却被一条即时跳出的微信挡住了。

手机显示"世界上最爱的老婆"发来一条微信，写的是："大傻子，首先我要为我刚才的失态道歉，吵架不好，伤感情、死细胞、长皱纹，如果你是想因为我不再风华绝代的容颜而弃我而去，那么你失算了。我从第一次见到你就喜欢上了你，在你身上我才算真正知道了什么是爱情，大学和你在一起的这两年是我这辈子到现在为止最开心的日子，因为有你。大傻子，生活是平淡的，波澜壮阔的爱情只有电影里有，而我们最应该珍惜的，就是这平淡的生活。世界那么大，两个人要相见、相爱、相知的概率得有多低呀，而我们，幸运地遇到了，相爱了，一定要一起走下去。你是个聪明伶俐却又善良无比的小孩，你只是现在有些龙搁浅滩，相信我，你一定可以的，你也一定可以给我我想要的幸福，只要你在，我就是幸福的。"

阿俊的泪水顿时决了堤，心里早已经将自己骂了无数遍，他用力地删除了刚才自己打的那些话，给晶晶回了一条微信："有你，真好。"

爱情不分贫富贵贱，贫贱夫妻百事哀是因为他们没有真正地彼此相爱，真正的爱情只需要简单的四个字：是你，就好。

胖子先生的两次真爱

　　胖子先生拥有异于常人的易胖体质，是传说中的喝水都会胖的人。

　　都说胖子拥有与常人不同的乐观心态，胖子先生当然也是。他的脸上永远挂着笑容，是朋友们的开心果，有他在的地方一定是全场欢乐不停歇；他也是朋友们的情感收留站，朋友们失恋了、吵架了肯定第一时间找他倾吐畅谈，虽然他并没有谈过一次恋爱。

　　在一起玩的一圈朋友里，有两个女生是胖子先生最好的闺密，也是所有朋友公认的女神，高跟小姐和瘦子小姐。

　　顾名思义，高跟小姐喜欢收集各式各样的高跟鞋，一副女王范，每次出门总像是女王出巡，自然而然地成为全场的焦点。

　　瘦子小姐是林黛玉般的江南气质美女，她完美诠释了什么叫作风吹一下狗都追不到。美丽的面容、无与伦比的气质还有弱不禁风的温柔，都让人不自觉将目光放在她的身上。

　　就这么两个女神级别的人物，却都把胖子先生当成了知心好闺密，他身上自带的乐观与幽默给了两个女神无比的安全感。

胖子先生很喜欢这两个女神闺密，但不会也不敢往爱情方面想。对他来说，爱情就像是一件可望不可求的奢侈品，以他从小到大连个鼓励奖都没中过的运气，他遇见爱情的希望渺茫。

冬天的深夜里，飘着雪的北京显得格外地寒冷。胖子先生正在暖和的被窝里昏昏欲睡之际突然收到了高跟小姐的来电，电话里传来急促的叫喊声，让胖子先生尽快赶到三里屯找她。

还来不及问清楚缘由，电话那头就挂了，胖子先生无奈地摇摇头，挣扎出了被窝。

来到了吵闹的酒吧一条街，他在街口就看到高跟小姐，明显喝大了的她连平时最喜欢的红色高跟鞋都有些驾驭不住，地心引力调皮地带着她东倒西歪。

胖子先生赶忙跑了过去，却在途中看到酒吧里冲出来两个男人，一副要将高跟小姐拉回酒吧的样子，高跟小姐尖叫着反抗，胖子先生赶忙加快了步伐。

按照所有英雄救美的情节，胖子先生献出了自己人生中的两个第一次——第一次打架和第一次被人用酒瓶爆头，然后终于在瞄见两个警察迅速接近的时候微笑着闭上了早已经被血糊到几乎看不见的眼睛。

胖子先生是被医院窗口洒进来的阳光刺醒的，他看到了早已穿戴整齐的高跟小姐，紧接着听到一句天籁："胖子，我们在一起吧。"

恋爱都是甜蜜的，特别是跟自己心目中的女神，胖子先生小心翼翼地呵护着这段来之不易的感情。

高跟小姐当惯了女王，胖子先生就将自己变成最忠实的下属，照顾着她的生活起居，包容着她的小情绪。

高跟小姐说她喜欢瘦点的男朋友，胖子先生就严格地控制自己的食量，虽然他是一个不折不扣的吃货。

高跟小姐说喜欢运动型男生，胖子就每天坚持跑五公里的山路，即使他从小到大都是个运动白痴。

渐渐地，胖子先生淡出了原来的朋友圈，因为他一天 24 小时都要随时待命，等待高跟小姐的召唤；渐渐地，胖子先生脸上没有了笑容，他有些厌倦每天为了照顾高跟小姐的情绪而将自己搞得不像原来的自己；渐渐地，胖子先生感觉到了高跟小姐对他无理取闹的次数越来越多，争吵让两人都不知所措。

终于，胖子先生含着泪结束了这段爱情，不适合的爱情就像不合脚的鞋，而他们在一起的原因也只是高跟小姐报恩的心理，那并不是爱情。

胖子先生失魂落魄地来到了英雄救美的酒吧一条街，叫了一打伏特加，一杯接一杯地喝，喝下的全是回忆的苦涩。

半梦半醒间，他似乎看到个熟悉的瘦弱的身体，站在之前高跟小姐东倒西歪的位置，旁边依旧有两个动手动脚的男生。

按照所有英雄救美的剧本，胖子先生摇了摇有些沉重的头，心里骂了一句"去你妹的剧本"，走上前去一把把瘦子小姐搂进了怀中，霸气地喊了一句："都走，这是我女朋友。"

这一次，没有酒瓶没有警察，胖子先生身上的霸气吓跑了流氓，也给他带来了爱情。

胖子先生和瘦子小姐在一起了，又一个女神，胖子先生苦笑着感叹，却也不再有过多的期待。

爱情总是甜蜜的，这次却是真正的甜进心里。

瘦子小姐是真正的表里如一，温柔到了骨子里，时刻让胖子先生感觉自己活在温柔乡里。

瘦子小姐不嫌弃胖子先生的体形，她说爱一个人要接受他的全部；她也不在乎胖子先生不运动的习性，她说在爱情里做自己最重要。

胖子先生的自信回来了，笑容回来了，他常常带着瘦子小姐与朋友们玩得不亦乐乎，他又变回了那个乐观、充满正能量的胖子。

真正相爱的人，不会因为客观条件而嫌弃彼此，不会因为自己的喜好而勉强对方。

爱一个人就要接受他身上所有的缺点，在一段成熟的感情里，做真实的自己最重要。

而且请你相信，即使你遭遇过失败的爱情，也请不要自暴自弃，只要你保持自己的乐观与善良，上天总会派另外一个适合你的人来爱你，爱情不是不到，只是时候未到。

PART3

愿我们都被这个世界温柔以待

人应该有软肋，一生温良，有人爱，也能爱人。

心里有光才无惧黑暗

正能量小姐和负能量小姐是一对双胞胎，她们来到这个世界就差个几分钟。她们拥有一样的面容、一样的家庭、一样的成长轨迹，却奇怪地拥有两种完全相反的个性。

姐姐像个正能量小天使，她的世界充满阳光与欢笑，她的笑容总是不自觉地感染到周边的人，只要有她在，周遭的人都仿佛沐浴在暖阳下。

妹妹却是个负能量小恶魔，她的世界充满着阴郁和灰暗，她摆起臭脸的样子臭过长沙臭豆腐，经过她身边的人都想赶快离开，因为时刻可以感觉到冰冷与黑暗。

在家里的时候，父母总会叫两姐妹尽可能地多做些家务，既培养她们的动手能力，又可以让她们知道付出的重要性。

正能量姐姐总是积极地做着爸妈分配下来的家务，在很快完成自己任务的情况下还想着法子帮妹妹完成她余下的任务，即使疲惫，也没有任何怨言。她脸上时刻挂着微笑，因为她知道她在为这个家、为自己所爱的人付出，心里的满足早已覆盖了身体的疲惫。

负能量妹妹却连手都不想抬一下，能偷懒就偷懒，能让姐姐做就让姐姐做，要不是慑于爸妈的威压真想时刻衣来伸手饭来张口，她总觉得这些事情应该是大人来做，叫自己做简直就是逆了天的事情。

深夜，爸妈已然睡去，两姐妹躲在一个被窝里，妹妹用脚碰了碰姐姐，确定她还没睡着后开了腔："姐，我发现一个天大的秘密。"

"什么秘密？"

"我发现我们不是爸妈亲生的，哪有亲生父母会舍得让自己的小孩去做那么繁重的家务？"

姐姐听完哑然失笑，轻轻拍了拍妹妹的头，说道："傻妹妹，爸妈让我们去做家务是培养我们的动手能力，我们都是女生，以后都要嫁为人妻，而勤劳持家是一个优秀的女性应该具备的一项能力。爸妈这是为了我们好呢，别想太多了。"

"反正我就觉得这里面没有那么简单，肯定是我们的身世有极大的问题。"说着说着声音渐渐小了下去，两姐妹也在不知不觉中同时入睡。

中国的父母为了孩子总是默默地承受了太多太多，为了让孩子

212

接受更高等、更好的教育，可以说大部分家庭都竭尽所能。

两姐妹的父母省吃俭用，托人找关系终于让两姐妹同时进入了市里最好的学校。

正能量姐姐心里全是满满的感动与疼惜，心疼爸妈的同时立志要好好学习，将来报答爸妈。

而可爱的负能量妹妹，始终觉得爸妈对她们这么好是在酝酿着天大的阴谋，却还是得心不甘情不愿地好好学习，只是怕成绩落下爸妈会开始实施他们的惊天计划。

直到有一天，姐妹俩半夜里上厕所时突然听到隔壁传来妈妈隐约的哭声，虽然爸妈故意将声音压低，她们却还是可以隐约听见爸妈的对话。大致内容是爸妈托人找关系已经花费了家里大部分的积蓄，现在面对高昂的学杂费，爸妈只能求爷爷告奶奶地东借西凑，却担心姐妹俩分心并没有让她们知道。

那一刻，负能量妹妹出奇地没有再发出怨言，只是将嘴唇咬得紧紧的，似乎在那个瞬间明白了一些东西。

开学后，乐观的姐姐每天带着微笑努力学习，妹妹臭着脸不情不愿地上着课，出人意料，她们的成绩都名列前茅。

在学校里，成绩好的学生总是能得到老师更多的青睐，但同时也承受了一些其他同学的酸葡萄心理。

正能量姐姐面对其他同学的冷言冷语总是以微笑回报，并且在同学有困难时以德报怨，总是在恰当的时候伸出援手。久而久之，班上的同学们都开始慢慢地接受她并且十分愿意与她做朋友。

相反，面对同样情况的妹妹却总是以极具负能量的方式予以回击，冷眼、甩脸、怒目，真的只差动手了。班上的同学都不想靠近负能量妹妹，因为那里太多阴霾，会让人十分地不舒服，但碍于人缘好的姐姐，他们也并没有与妹妹决裂，只是各走各路，井水不犯河水。

唯一与姐姐是死党并且十分愿意接近妹妹的是一个集万千宠爱于一身的完美小姐，她是学校里的校花、一个大集团的合法继承人，还有着与姐妹俩不相上下的学习成绩。

姐妹俩常常约着完美小姐一起上学放学、吃饭逛街，三人情同姐妹。对于负能量妹妹偶尔的刁难和抱怨，完美小姐总是一笑而过，坦然接受那些妹妹恶毒言语带来的伤害，并且安慰有些生气的姐姐说人非圣贤，孰能无过。

面对着大度的完美小姐，负能量妹妹总算能够平复些低落的心情，慢慢开始接受这份来之不易的友谊。

有一次负能量妹妹又控制不住自己的情绪将完美小姐当成了出气筒，抛出了许多伤人的话语，完美小姐也并不争辩，微微一笑，默默地离开了。

正能量姐姐有些生气地责备妹妹："那么好的一个朋友怎么能说伤害就伤害呢？"

负能量妹妹回答道："凭什么就她一个人那么完美，所有人都要以她为榜样？"

正能量姐姐回道："你错了，先天条件无法改变，但后天的养成同等重要，完美小姐正是用她过人的情商与待人时的真诚让大家喜欢她、接受她的。"

妹妹听完陷入了沉思。

出人意料却也在情理之中的事情发生了，姐妹俩同时喜欢上了学校篮球队的队长、学校里的第一男神，爱情来得自然而然，却也突然得让人有些措手不及。

两姐妹坦然接受了喜欢上同一个男生的事实，时常在一起交换男神的信息。懵懂的少女享受着生命中珍贵的青春期，那感觉甜蜜且有些苦涩，说不清道不明。

正能量姐姐收集着关于男神的一切，找机会出现在他的面前，偶尔买个水在他打篮球的间隙送到他手上，也会在期末考前偷偷地把课业笔记托人带给他。喜欢一个人，就是希望他一切都好。

而负能量妹妹却有些自卑胆小，总觉得自己在男神面前就是一个毫不起眼的可怜虫，虽然也是很喜欢却羞于表达自己的真实想法，只敢在远远的地方看着他，却会因为嫉妒其他女生的靠近而迁怒于他，搞得男生有时候有些莫名其妙。

终于，在毕业前夕，两姐妹带着压阵的完美小姐，约出了男神，害羞却勇敢地表达出了对他的喜欢，也期待他的正面回应。

男神先是低头沉思了一会儿，继而抬头，迎上她们的目光，说出了让姐妹俩震惊的话："你很好，漂亮、通情达理，学习成绩也好。说实话，一开始时你身上满满的正能量让我确实有些动心。但后来，你渐渐表现出的负能量就像是换了一个人，你们用着同样的身体却表现出完全不同的个性，那个负能量的你让我十分地不舒服，所以出于对爱情的尊重，我必须遵从自己的内心拒绝你。最后还有一个小小的劝告，希望那个正能量的你可以一直出现在你的生命里并且温暖你身边的人。你的下一段爱情一定会完美的。加油。"

男神走后，完美小姐默默地来到她身边，擦去她眼角的泪水，说道："确实，这也是我一直想要对你说的话，你偶尔涌现出的负能量会伤害到你周围的人，让身边的人对你敬而远之，如果可以，我也希望你可以永远以你的正能量示人，那样的你，是那么可爱迷人、招人喜欢。"

她终于明白了，所谓的正负能量姐妹都是内心真实的自己，一个是充满正能量的她，一个是有负能量时的她，却都是真实的她。

每个人其实都是一样的，都有正负能量的两个自己，在不同的场合下随着自己心情的起伏而切换自己的情绪。正能量时世界充满正面的情绪，反之则是情绪低落的负能量面。

亲情、友情、爱情，都是在时间里接受考验的，我们也常常因为自己的心情而影响到与家人、朋友、爱人的感情，有的时候，负能量的堆积甚至会让我们对深爱的人造成伤害，虽是无心，却也无情。

人生的路很长，如果能早些发现负能量会对别人造成伤害，我们就可以早些坚持那个正能量的自己，带给身边的人一丝微笑，为这个世界添一抹阳光。

加油，正能量的你。

爱的分组设置……

善意提醒：本文请在家长及男友监督下阅读，引起任何家庭纠纷本人不负任何刑事民事责任。

Kobe 的朋友圈又转发了一篇心灵鸡汤，配上了一段有些苦兮兮的文字：生命中有太多的不期而遇，而我始终还在等待属于我的荣耀时刻。

收获了 58 个赞，16 条留言，以及三个抱抱的表情。

好一个看起来让人心疼的单身狗，还是个单身的文艺青年，实属难得。

Michael 的朋友圈发了一张在新别墅门口的自拍，一个戴着墨镜的帅气大男孩，在照片的一角隐约还露出了劳斯莱斯特有的天使标志，配上文字：阴霾总会过去，我相信总有一天会有人骑着七彩祥云来到我的身边，告诉我这些年的等待都那么值得。

218

收获了 237 个赞，69 条留言，以及若干安慰求吃饭的留言。

好一个看起来让人心疼的单身狗，还是个单身的高富帅，不胜唏嘘。

实际情况是，两人在发这篇朋友圈前一致选择了设置分组可见，屏蔽了两人早已交往多时的女友。

这厢看完留言选了一个看起来奶大腰细的陌生女子回了一个：好的宝贝，晚上约起来哟；那边切换对话框写上：老婆，今晚可能回不去了，公司的设计稿这两天必须通宵赶出来，你早点睡，爱你么么哒。

么你妹，你根本不配拥有那么漂亮善解人意的女朋友，因为你是一辆一直在寻找备胎的破车。

其实他们并没有那么爱他们的女朋友。

安全感，是爱情里不可或缺的东西，对女生来说尤为重要。

女人，最青春美丽动人的年华往往都在那成年后的十几年，她把自己最美好的时光留给了一个男人，当然也希望对方能够把自己当成唯一，执子之手。

然而，现下的实际情况是，很多的男生在有了女朋友之后还是不肯晒与对方的合照，美其名曰不确定的事情别太早曝光。

曰你妹，还不是因为你不想让其他的妹子知道你已经两人成双，不就是少了很多约炮找备胎的机会。

当然男人也有好的，也有例外，比如那些单身的，对，他们想发合照也没有。

我有一个女性朋友，十分优秀，个高腿长胸我不知道大不大，除了平常没啥正经事天天开着她的 M3 逛来逛去之外，堪称完美。

那个时候，身边的男人追她的很多，不过由于 M3 Turbo 加速太快，全部未果。

终于有一天，她在朋友圈里 Po（晒）了一张她与一个男生的合照，一个浑身上下散发着包工头气息的男子。众人皆醉，细问之下才知道原来男子是个开着法拉利 458 的追风少年。

数年的爱意在那一瞬间爆发，这样的女子对你朋友圈的伤害度甚于微商，微商只是占用你的内存，而她的秀恩爱直接辣眼睛攻内心，虐得大家体无完肤。

由于是多年好友，大家也就没有多说什么，欣然接受她的新恋情，为她高兴的同时默默地屏蔽了她的朋友圈。

那天晚上，我和我弟躺在厦门的一个酒店里，百无聊赖的两人刷起了直播软件，逛到一位年轻貌美的女子房间，进去之后就看到有个大号在不断刷着车队，我俩大呼土豪，恨不得立刻买两个哈密瓜戴上假发吸引他来我们房间。

屏幕中的女生用嗲得不能再假的声音说：谢谢我榜一的刘少，爱你么么哒。

榜一刘少飘屏回道：没事的宝贝，早点休息别给这些屌丝播了，明天记得约好的电影哟。

过了一会儿，我弟突然说：呀，这个男的不就是 M3 女神的现男友吗？

我大惊，这边恩爱秀得死去活来非你不娶不嫁在天愿为比翼鸟的，那边就叫别人宝贝不让我们这些屌丝看了？

你才是真正的屌丝，精神上的。

贫乏的精神层面让你看不起周围的人，借此来掩饰自己内心的自卑。

卑劣的猪哥本性让你放着家里一个美娇娘不宠出门随意拈花惹草。

哥们，其实，你女朋友挺漂亮的。

她认定了你是她生命中的 Mr. Right，所以在朋友圈那么公开的地方公然秀恩爱，为了你这根扶不起的小草，她放弃了一整片开其他跑车的森林。

我一直相信上天是公平的，你对别人做的所有错事说的所有谎言，总有一天会由另一个人回报在你身上。

同样，你所受的所有委屈被伤害的心，也总有一天会有人来将它全部抚平，用爱让你重新起航。

我也相信爱情，它总会在某个特定时间恰恰好地出现在你的生命里，而希望那个时候他会迫不及待地想与你拍照发在朋友圈里。

去吧，找个会把你放在朋友圈里而不设置分组可见的人吧。

换位度人

这天无聊在刷朋友圈，翻到一个朋友转发的一篇文章，文章名为《KTV 不允许带酒水零食，到底违法吗？网友神回复！干得漂亮！》。

作为常去 KTV 的人，平时我对这种硬性规定也是不屑一顾的，于是饶有兴趣地点开看看作者是如何斗智斗勇的。

作者是一个律师，有次跟朋友聚会自带了在外面购买的食物酒水，在门口被女服务员拦住说："不好意思，这位先生，店堂有规定不能自带酒水零食。"

作者回道："这种规定侵害消费者自主选择权及公平交易权，也构成了不正当竞争，在法律上是无效的。"

女服务员不依不饶地跟作者上了楼进了包间，作者质问是否要阻止客人消费唱歌，女服务员近乎哀求地说不照规矩来自己会被罚款。双方僵持不下，只能叫来经理。

经理来了之后，作者打开手机的录像录音功能，要记录下所有的对话。

经理说："你可以录音，不过我要告诉你这是公司的规定，你投诉我们也好，到法院告我们也好，但我们只是员工，遵守公司的规定，就算最后承担责任，也是公司的责任。"

作者："我告诉你，我既然带进来了，就不可能拿走，你要是坚持，我出面的话，到时候问题就不是一个小小的投诉了。"

经理："你在录音，不要一直套我的话。"

作者："我这是在套你的话吗？要不然你想怎样？你是不是还觉得"不让自带酒水零食"这个规定合法合理呢？要不你干吗不让我进去唱歌？"

经理："我不是不让你唱歌，只是我这样真的难跟公司交代。"

作者："那好，既然你不是不让我唱歌，那就最好了！我进去了，不要跟着我，也不要骚扰我们，否则，你和你们公司必将承担一切可能的法律后果。"

就这样，经历了一番长时间的交流，最后的结果，当然是像标题说的一样作者很漂亮地赢下了这场战役，维护了消费者的权益，并且在自己的朋友圈里树立了自己不向恶势力屈服的伟岸形象。

看完这篇文章，不知道为什么心里堵得难受，于是在那篇转发下给我朋友留言："这个人是不是傻？"

朋友回复："我老公就是律师，他说这个律师说得没错，所以我觉得不是我们花不起钱，而是他们不能侵犯我们的权益，也不能忘了对消费者要有基本的尊重。所以我觉得这个人挺厉害的，我喜欢伸张正义的人。"

我："是没错，但我只是觉得他也该站在服务员的角度上换位思考，谁都有难处，何必为难底层的劳动者？"

朋友："那也不能为了不为难底层的劳动者，就丢掉自己的权益吧？而且他们不也是在为难消费者吗？维权和可怜某些人不是一件事。"

我："嗯，见仁见智吧，至少我觉得你老公一定不会这么做，维权可以直接投诉商家，而他这么做已经明显是在刁难底层劳动者了，虽然是律师，但也缺乏了对人基本的尊重。"

朋友："我不知道我老公会不会这么做，但我希望他这么做，如果你上过班的话，你应该知道，其实虽然看着是在为难底层的劳动者，其实劳动者是不会受到任何处分的，这种行为只是通过工作人员去跟商家对话，所以我觉得他这么做挺对的。"

我最后回了一句话结束了这段对话，因为我知道，我和她说的不在一个点上。"我说：我希望你老公不会这么做，我就是上过最底层的班，才知道被人尊重对他们来说有多重要。"

这倒也算不上道不同不相为谋，只是我俩的点不同，因此就不多辩论。

朋友的观点无可厚非，也说出了大部分消费者的心声，完全没有问题。

而我想的是当时服务员的心理感受，换位思考，我可以感受到当时她的无奈与难受。

我在悉尼的时候曾经在一个 24 小时的便利商店打工，那时的我还在上大学，作为一个什么都没有的外来人员，我的内心其实是有些自卑的。那种自卑，在正常的发展下，结果一定是会给我的心理、我的未来造成无法弥补的伤害与缺失的。

那个时候因为白天要去大学上课，我只能上晚上的通宵班，每个班12个小时，晚七点到早七点。

便利商店旁边有个酒吧，形形色色的人在完成一天的工作后在酒吧里彻夜狂欢。

许多喝醉的外国人会在那一刻抛下平时戴着的面具，露出自己最真实的那一面，这直接反映在进入便利商店买东西时的大声喧哗、对店内商品的抱怨，甚至是对店员的百般刁难。

每到那个时候，我总会笑脸迎人，耐心地回答他们的问题，或是低头避让他们的刁难，心里虽然很不是滋味，但我总是对自己说我是底层的工作者，本就该承受这些，谁让自己没本事呢？

那个时候的自己，带着负能量的小乐观，以及藏在内心深处不为人道的小自卑，认了命般地打着工期待着毕业，似乎那样就可以解脱了。

直到有一个晚上，店里来了一对日本夫妇，老公已经喝醉了，从冰箱里拿饮料的时候碰倒了一排果汁，弄得店里满满一地的碎瓶子和果汁。

果汁洒到了老公的皮鞋上，老公骂骂咧咧地叫我拿纸巾，我心里苦笑了一下，一边道着明明不关我事的歉，一边拿了纸巾和扫帚过去清理"犯罪现场。"

那个年轻的老婆先是阻止了老公的谩骂，将他推到了一边的沙发上，继而上来边说对不起边帮着我一起收拾起来。

那一刻我走了一下神，心里升起了一股暖意。

第二天，两公婆特地到店里给了200澳币要赔偿打翻果汁的损失，老公也一个劲地为昨晚不礼貌的行为道歉。

我没有收钱，反而还谢谢了他们，因为在他们那里，我得到了以前从来没有的尊重，而这种尊重带来的内心满足感，是没有办法用金钱衡量的。

在那以后，我心里的自卑也慢慢消失了，因为自己想通了，就算是最底层的劳动者，也应该被尊重和理解。

回国之后的某一天，我与朋友在火锅店吃饭的时候，旁边的一桌客人与服务员发生口角，其中一个男客人对着服务员说：就你这素质，活该你一辈子做服务员。

我走过去对着服务员用大家都可以听得到的声音说：只有弱者，才会装出一副自己很强的样子去欺负看起来比他弱的人，用来满足他畸形的自尊。在一行，爱一行，这个世界上本来就没有高低贵贱之分，只在于你所在的这个时间点所在做的事情的差异。不尊重人的人才是素质低下者。

那些刁难你的人，他们又不能支配你的人生，拿走你的快乐。

对他们微微笑，用平常心去对待。

　　对别人宽容，发生事情之后多站在别人的角度上换位思考，你可以体会到很多表面上无法企及的东西，尊重别人也是尊重自己。

　　人与人之间，什么都是相互的。

心美则人红

"网红上位"似乎成了时下最流行的网络用语，最近的这个是郭富城的天王嫂。

郭天王的一篇微博"这样开车要慢一点"配以一张牵手照片，获得了几十万点赞。

巧的是天王嫂居然也是我们之前录《非常完美》时的旧人，当仲尼发照片给我时，我俩唏嘘了半天。

翻开天王嫂的微博，清一色的典型中国网红配置，美丽的脸、性感的唇，配上偶尔的鸡汤文，接下来最多的就是这样那样的商业推广了，赚钱无可厚非，却也让人怀疑现下中国所谓的意见领袖是否都一定在走商业广告这一吸金捷径。

在时下的中国，被称为网红的人成千上万，即使这个称谓已经有些被妖魔化了，还是有万千少男少女趋之若鹜，争取着这个有可能一飞冲天的名号。

但国外对网红却有着不同的定义。

让我们来看看外媒评选出的 2015 全球网红有哪些。

二十几岁的 Boyan Slat（博扬·斯拉），他 19 岁时说要拯救海洋，就用自己发明的捕捞装置搜集海洋垃圾；

一个叫 Jane Chen（简·陈）的华裔女孩，为早产儿设计保温袋，拯救了数十万本会因为缺乏温暖而死去的生命；

十几岁的少年 Kenneth Shinozuka（肯内特·志之冢），为了让爷爷不再走丢，发明了可以检测爷爷起夜的神奇袜子，温暖到让美国人惊叹；

一个叫 Theresa Dankovich（特雷莎·丹科维斯基）的女孩，花了八年的时间，发明了一本可以喝的书，若推广这项技术，可以为 6.63 亿人提供洁净水源。

还有一些已经通过自己的努力成为了世界名流，他们放弃自己的高工资和名流身份，只为了让身处困境的人活得更好：

有发型师放弃自己高薪工作转为街上的流浪汉免费理发，让他们找回自信；

还有奥美公司的高管放弃多金的职位和璀璨的前程，去街边摆了个可以让流浪汉自主搭配衣服的"商店"，拯救他们的自尊心；

以及华尔街男神放弃百万年薪，创造了便利贴换比萨的商业模式，让无数流浪汉吃上了热腾腾的饭；

…………

就是这么些平凡的人，他们本来也跟我们一样做着平凡的事情，为自己的生活而奔波劳累。但他们不想在限定好的条条框框里平庸地过完自己的一生，于是，他们努力地做了一些自己力所能及的事情，他们成就了这个世界的不平凡。

我喜欢称这些人为真正的网红，完全褒义的词。

这些人可能不美、不帅，但他们却用自己的实际行动让这个世界更美好，让你日渐冷漠的心找到一丝小小的暖意。

曾经有人说我是网红，我笑骂着说他是在诋毁我。但如果能够成为这种能够带给全世界正能量的网红，我只能说：Yes，I do。

而我自己，也是一直尽着自己最大的努力在给这个世界带来一些我力所能及的暖意。

在我的第一本书里，我写过关于我非洲女儿的故事，可爱的 Diana 现在应该已经上大学了，也许她多年后也会变成一个努力去温暖世界的人，因为她深深地知道，曾经有过同样想法的我，改变了她小时候的生活，才让她成了现在幸福快乐的自己。

知恩图报，她可能一辈子也没有办法再见到我了，却可以传承着我善良的天性，尽力去帮助那些需要被帮助的人。

回国之后，由于手机通讯的进一步发达，我们在手机客户端上就可以做出一些捐助的活动。我在确认了腾讯公益确实可以将钱送到需要的人手中之后，先后捐助过"让老人度过一个暖冬""山区孩子的新年愿望""三岁癌症男孩盼救"等项目，并且设置了一些月捐的项目，比如"贫困孤儿助养"。

这里还有一个小插曲，记得我还在《非常完美》的时候，那次四川雅安地震牵动了无数国人的心，我也第一时间捐出了1314元人民币。

由于在与粉丝互动中，我告诉他们捐了款并不小心将捐款截图发了出去。

一石击起千层浪，有些人开始了漫无边际的诋毁与谩骂，一个说法是做好事为啥要留名，另一个说法是身为一个有钱人怎么才捐1314元。

我默默地删掉了那篇微博。其实我只是想让大家都知道这事，并且发动有限的力量对天灾尽些人事，我没有告诉任何人在捐出那1314元之前我和前女友全身上下只剩下3000多元了。

表现出来让大家看的善良是作秀，人在做天在看，我一直相信这个世界会用它独特的方式记录你的善良，并且在以后的一些时光里回报给你它的温暖。

这个世界如果能变得更好一些，并不是因为你是个什么样的人，做过什么样的事情，而是取决于你想要成为什么样的人和你会做什么样的事情去尝试着改变这个世界。

愿你用真诚与善良对待这个世界，做些力所能及的事情温暖这个世界，我相信，即使没有人发现，你也会得到无比的满足感，感受到内心的平和的。

"谢谢"是说给这世界最动听的情话

"清明时节雨纷纷，路上行人欲断魂。"

这句来自杜牧的诗句流传已久，接受过义务教育的人应该都是张口就来。

说来也奇怪，大家有没有觉得，几乎每年的清明节都是在烟雨朦胧中度过？也许这是上天对逝去之人的尊重，也是对在世之人感恩的肯定。

从古至今，我们选择在这个特殊的日子对先祖进行祭拜，用虔诚的行动和心灵对话，来表达我们内心深处的铭记和怀念之情。

是的，其实清明节，就是中国的感恩节，是带着感恩之心推广孝道的日子。

每年 11 月的第四个星期四和 10 月的第二个星期一分别是美国和加拿大的感恩节。

每逢感恩节这一天，美国举国上下热闹非凡，基督徒按照习俗前往教堂做感恩祈祷，分别了一年的亲人也会从天南地北归来，一家人团圆，围坐一桌其乐融融，品尝以火鸡为主的感恩节美食，并且对家人表达自己的谢意，对每个人说"Thank you"。

不管是中国还是外国，都有特殊的节日让大家学会感恩，感恩上天、感恩先祖、感恩身边的家人朋友，因为有了这一切，才有了现在好好活着的自己。

客观而言，现在的中国社会缺乏一种感恩的态度，体现在很多时候很多人说不出"谢谢"这两个无比简单的字。就用我自己身上的例子，比如在公车上让座、在进门时帮陌生人把门打开，或是在动车上帮人拿下行李架上的箱子，这些事情我做过很多次，但收到"谢谢"的次数屈指可数。

说实话，我做那些事情完全是出于本能，周围没有摄像机，我没有作秀的必要，也并不指望受到帮助的人会给我实质的报答，同样不会在意那句"谢谢"。我只是做了一件我认为应该做的事情，用举手之劳帮助需要帮助的人。

但是亲爱的，我心寒的是你们坐上了座、进了门、接过箱子后对我那一个充满怀疑的眼神，仿佛我做这些事情是有其他的目的。

　　我相信很多人都有过这样的感觉，那种狗咬吕洞宾的冤枉感我记忆犹新，于是有些人就开始渐渐失去了做那些事情的本能，渐渐变得冷漠，这使我们的社会产生了极不好的恶性循环，累积了许多负能量。

　　今年春节之后，我去了巴厘岛旅游，享受了一个难得的假期。

　　不幸的是，我在当地每天 30 度的高温里华丽丽地得了热感冒，更不幸的是，我无法用平常不吃药只盖厚被子捂汗的绝招，担心感冒没好人已经被热死了。

　　巴厘岛四面环海，碧海、蓝天、沙滩是当地的一大特色，在干净的海里游泳冲浪也是游客到此一游的主要目的。

　　我身为游客，当然得下水戏耍一番以彰显我到此一游，于是我华丽丽地下了海，惨兮兮地加重了感冒。秉持着不作不死的原则，我又坚持下了一次海。

　　你在北方的大雪里怀抱暖炉热似夏季，我在南方的艳阳里流着鼻涕悲惨登机。

　　上了飞机之后，由于人数过多，空姐忙得焦头烂额，我虚弱地呼唤了好几次，她才来到我身边接收了我需要一个枕头和一条毛毯的信息。

片刻之后，当空姐送来一应物品的时候我已经昏昏欲睡，巴厘岛特有的热感冒似乎不满意载体的离去想在境内最后疯狂一把。

垫好枕头盖好毛毯，我却在闭上眼的那一刹那听到了一个不太和谐的声音，急促且尖锐。

"你们是怎么做事的？飞机上怎么可能没有准备足够的毛毯和枕头呢？你们这样如何让客人安心？难道你不知道我们花了很多钱才买的机票吗？"

我循声望去，一个眼镜女气焰嚣张地指着空姐说道。

"这位女士，实在是对不起，我们完全没有预想到今天飞机会满员，所以没有准备足够的毯子，希望您能够谅解。"空姐职业性地温柔说道。

"不可以，顾客就是上帝，叫你们机长过来，我要投诉！"眼镜女就像个桀骜的孤胆英雄，不依不饶地行使着自己说话的自由权，全然不顾周围人的冷漠和诧异。

沉默了两三秒之后，我伸手将我的毛毯枕头都递给了她，缓解了空姐的尴尬。"这些都给你用吧，我还没来得及用呢。"

眼镜女瞟了我一眼，似乎还不满意我打断了她找碴的权利，二话不说地接过东西，继而将她高傲的头颅扭向另外一边。

空姐十分感激，而我苦笑不语。

这个世界不亏欠你任何东西，陌生人也是，他们对你表现出的善意以及帮助你的行为并不要求回报，很多都是出于善良的本能和良好的家庭教育。

谁都有出门在外遇到困难的时候，在那个当下，请不要不依不饶地落井下石，请设身处地地雪中送炭。

如果可以，换位思考一番，不要吝啬你的微笑，不要纠结于说声谢谢。

学会感恩，不要认为所有的一切都是理所应当，怀揣一颗感恩的心面对这个社会，你会发现家人是那么可亲，周围的人是那么友善，生活是那么美好。

亲爱的，一个懂得感恩并知恩图报的人，才是一个拥有大智慧，并且精神富有的人。

被巴掌改变的人生

一觉醒来，朋友圈被一篇叫《顺丰小哥遭人渣打骂》的文章刷屏，与《优衣库事件》等病毒营销文不一样的是，这次转发的朋友一边倒地在支持小哥，谴责打人者。

面对这种标题党，病毒文，我一贯秉持着"一点、二观、三换位、四评论"的政策，不想错怪任何一个好人，不妄评任何一篇文章。

公众号的文章义愤填膺，强烈谴责打人的那个中年人，为快递小哥鸣不平。

视频有一分四十三秒，画面上的中年男人顶着个大肚子，趾高气扬地追打追骂着快递小哥，小哥没有还嘴，没有还手，低着头道着歉，却被不依不饶地骂着打着。

看完文章，看完视频，我客观地说，"遭人渣打骂"还是不太客观，打人这货连"人渣"都不如，枉称为人。

面对一个跟您孩子差不多年龄，辛苦跑生活，只是蹭掉点漆，一直道歉并且任你打骂的孩子，您老这一巴掌一巴掌抽得可爽？

一个内心不够自信和强大的人，往往需要靠发脾气来提高自己的气场，这是一种自卑的潜在表现。

自卑再加上没素质，往往就形成这种心理扭曲的异类，借由欺负弱者来提高自己的地位，引起周边人群的注意。

这种恃强凌弱的人不单丢北京人的脸，也丢了整个中华民族的脸。

再说回快递小哥，我特别想代表这个社会跟您道个歉，您的不幸只是冰山一小角，周边的大多数人都还是善良、和蔼、有爱的，请您继续相信与热爱这个社会。

一个二十几岁的孩子，因为生计远出打工，早起晚归，风雨无阻，据我所知他们是没有底薪的，全靠收发快件的多少拿提成。

就这么一群为社会尽心尽力服务的人，凭什么要受到其他人的侮辱和欺负！

那六个耳光，每一下都打在这个社会这个民族的脸上，但更可怕的是它们践踏了自尊，诛了心，有可能会毁了一个人。

在我年幼的时候，我身边出现过一个叫阿龙的人。

他是我外婆家的邻居，那一带的孩子王，大人们眼中的坏孩子。

因为外婆曾经拿一块一毛钱的泡泡糖收买过他，龙哥总是对我照顾有加。

曾经有次，我在游戏机店被人欺负了，龙哥带着几个小孩杀过来，以一句"这我弟弟给我点面子"结束了一场有可能演化为恶斗的冲突，从此变成我的偶像。

那个时候我还小，还在从生活中、长辈们口中、电视里贪婪地汲取着关于这个世界的信息——好与坏，善与恶。

难得的是龙哥的坚持，他做遍了在我认知范围内所有的坏事，始终如一。

有一次，他喝多了带着我去旁边的一个菜地偷地瓜，因为我虽然人小，却是他认识的人里地瓜烤得最好吃的。

他拿着流着热油的香地瓜，边吃边赞赏，居然借着酒意跟我聊起了人生。

龙哥说他原来是个好学生，是家长们眼中的好孩子，变坏是一个偶然。

那个偶然发生在他小学五年级，有天他忘了做老师布置下来的

244

家庭作业，老师那天不知道是吃错了什么药还是更年期月经不调，居然当着全班的面一巴掌扇在了他的脸上，耳光不重，却打碎了他的自尊，打死了他的心。

我还记得龙哥的地瓜上都是他的眼泪，那一刻，泪水是无奈和悔恨的，是对这个社会的痛恨和抱怨。

后来我爸爸把我接回家读小学了，再后来我听说龙哥因为在严打的时候偷了一部摩托，被判了刑。

在我们成长的过程中，我们对这个社会的认知和接受，都与我们受到的教育和对待息息相关。

接收到了爱与善意，你的世界就是慈悲与平和；接收到了恶与欺凌，你的世界就是灰与黑暗。

每个人都应该用多一点爱，多一些善意，去面对这个社会，去对待这个世界上的人或事。

这个世界的美好需要大家共同去创造，正能量需要大家用实际行动去传播。